LE SUICIDE.

MEAUX. — IMPRIMERIE DE A. CARRO.

LE SUICIDE,

OU

CRIS DE DÉSESPOIR,

DE HAINE, DE DÉFAITE, et CHANTS D'ESPÉRANCE;

D'AMOUR, DE TRIOMPHE, ETC.

POÈME DRAMATIQUE,

PAR

M. P. GAGNE,

Avocat à la Cour royale de Paris.

PARIS :

Chez l'Auteur, rue Beaujolais-des-Tuileries, n° 4;

Ledoyen, libraire, galerie d'Orléans, n° 31;

Et chez plusieurs autres Libraires de Paris et des départemens.

1841.

LE SUICIDE.

POÈME.

> S'abandonner au chagrin sans résister, se tuer pour s'y soustraire, c'est abandonner le champ de bataille avant d'avoir vaincu.
>
> NAPOLÉON.

Déjà vingt ans entiers, aux hivers homicides,
Ont sillonné mon front de peines et de rides,
Depuis que du Seigneur les décrets rigoureux,
Ont jeté mon esquif sur les flots orageux ;
Et malgré mes travaux, mes luttes, mon courage,
Vainement j'ai tenté d'aborder le rivage,

Les vagues en fureur, épuisant mes efforts,
Toujours sur les rescifs m'ont jeté loin des ports,
Toujours les ouragans, par des nuits sans étoiles,
Ont renversé mes mâts et déchiré mes voiles ;
Toujours d'entre mes bras, crispés par le travail,
La tourmente arracha l'impuissant gouvernail,
Et ma barque entr'ouverte, errant à l'aventure,
Semble être le rebut de toute la nature ;
Car vainement j'appelle au milieu des débris,
Le voyageur heureux, il est sourd à mes cris,
Et si j'adresse au ciel ma plaintive prière,
Il fait briller l'éclair et gronder le tonnerre,
Et je n'aperçois plus que le gouffre béant
Tout prêt à m'engloutir à l'éternel néant !
Jusques à quand, ô sort, épiant ta conquête
Tiendras-tu suspendus tes poignards sur ma tête ?
Jusques à quand, sur moi jetant tes crocs de fer,
Traîneras-tu mon corps et mon ame à l'enfer ?
Jusques à quand, pour mieux assurer mon martyre,
La faim, le froid, la peur, le remords, le délire,
Viendront-ils, chaque jour, insensibles bourreaux,
Enfoncer dans mon sein leurs clous et leurs marteaux ;

Jusques à quand, sans lois, ces vampires féroces,
Qui nourrissent du mal leurs appétits atroces,
Les hommes, attachés à torturer mes jours,
Me dévoreront-ils comme d'affreux vautours ?
Jusques à quand enfin, serai-je la pâture
De tous les noirs démons qu'enfante la nature !
Hélas ! qu'ai-je donc fait pour de pareils tourmens !
Quels sont donc, ô mon Dieu ! les rudes châtimens
Que votre arrêt prépare à ces êtres perfides,
Dont le meurtre et le vol sont les infâmes guides ?
Pourquoi faut-il, mon Dieu, que jouet du trépas,
Je traine incessamment la chaine des forçats;
Pourquoi faut-il, mon Dieu, qu'avec une âme pure
Si non des faibles torts, des erreurs que j'abjure,
Du moins de ces forfaits qu'en sa perversité,
Avec réflexion, commet la volonté,
Je me vois néanmoins dans ce siècle de boue
Comme un vil scélérat torturé sur la roue !
Est-ce juste, qu'objet de tourmens éternels,
Je sois toujours maudit de vous et des mortels,
Que je sois en un mot, succombant à la peine,
Le modèle achevé de la souffrance humaine ?...

Ah! de ma propre main je n'ai donc qu'à mourir,
Non, je ne me sens plus la force de souffrir,
Ni d'épier encore un rayon d'espérance,
Pour réchauffer mon cœur et calmer ma souffrance.
Non, je ne saurais plus succomber sans secours,
Vingt fois à chaque instant, en existant toujours.
De la vie, ô mon Dieu, quand on entre à la tombe,
L'on doit pouvoir chassser une lueur qui tombe.
Ah! je respecterais le déclin du flambeau,
S'il pouvait quelque jour prendre un éclat plus beau,
Je ne finirais pas sa pénible agonie,
Si de plus purs rayons devaient dorer ma vie;
Mais comment espérer, hélas! qu'un sort plus doux
De celui qui m'abat désarme le courroux!
Qu'un astre bienfaisant, dissipant les nuages,
Eclaire cette mer si fertile en naufrages,
D'un corps déjà glacé réchauffant la froideur,
Me fasse encor des flots conjurer la fureur,
Et sous un ciel brillant et d'azur et d'étoiles,
Guide ma barque ouverte, errant sans mât, sans voiles,
Sur quelque doux rivage où, sous un toit béni,
Je trouve quelques fleurs, une amante, un ami,

Comment rêver encore et d'amour et de gloire,
Comment au sort cruel disputer la victoire,
Et briser à jamais ce pesant joug d'airain
Dont il brise mon front qui le secoue envain ?
Quand la fatalité, qui me poursuit sans cesse,
Redouble, à chaque instant, la douleur qui m'oppresse,
Quand l'avenir partout m'offre un trépas affreux
Pour ne laisser de moi qu'un néant ténébreux,
Plus cruel pour mon cœur que l'infernal supplice.
Que n'as-tu fait de moi, grand Dieu, dans ta justice,
Un ouvrier ardent, au modeste atelier,
Vivant, toujours joyeux, d'un travail journalier,
Plutôt que d'engager la tendresse d'un père,
A me faire donner une science amère
Dont le pâle flambeau que l'obscurité suit,
Chasse souvent le jour pour épaissir la nuit,
Et tout autour duquel, papillon trop fidèle,
Chacun tourne et retourne en y brûlant son aîle ;
Ou que ne suis-je né dans les champs, les hameaux,
Pour occuper mes soins de rustiques travaux !
Ah! dans les champs, du moins, gai, riche sans fortune,
Dès l'aube du matin jusqu'au noir de la brune,

Dirigeant ma charrue en joyeux laboureur,
Recouvrant mes guérêts du germe producteur,
Ou de jeunes troupeaux, peuplant mes bergeries,
Par une eau salutaire arrosant mes prairies,
Ou moissonneur bruni, quand viennent leurs saisons,
La faucille à la main, abattant mes moissons
Et recueillant les fruits dont la splendide automne,
La reine au sceptre d'or, se tresse une couronne,
De mes grains abondants j'emplirais mes greniers
Et d'un nectar vineux mes humides celliers ;
Puis, lorsque de l'année arriverait le terme,
Je jouirais en paix des produits de ma ferme,
Et pour le juste prix de mes jeunes labeurs,
Quand viendrait l'âge mur, je cueillerais des fleurs.
Dans l'atelier, les champs, j'aurais trouvé peut-être,
L'ami si difficile et si doux à connaître,
La femme qui voudrait, dans de chastes amours,
Confondre avec les miens et son cœur et ses jours,
Me donner en prenant le doux nom de leur mère
Des enfans dont j'aurais l'honneur d'être le père,
Et sans aucun souci, sans désir de grandeur,
Alors j'aurais goûté la vie et le bonheur,

Si le bonheur, hélas! fut jamais de ce monde;
Tandisque j'ai trouvé parmi ce peuple immonde,
Que vernisse aujourd'hui cette contagion
Que l'on ose nommer civilisation,
Qui n'est point ce soleil, ce bienfaisant génie,
Cette fille du ciel, d'amour et d'harmonie,
Dont le souffle fécond sème dans chaque cœur,
Un rayon de lumière et de force et d'honneur,
Mais bien une mégère, au crime habituée,
La fille de Satan, grande prostituée
Qui renferme en ses flancs, gangrénés de tous maux,
Tous vices déhontés, tous crimes capitaux,
Et qui règne surtout sur cette pauvre France
Dont, vile Messaline, elle a par sa présence,
Tout gangréné le sang et troublé le cerveau,
Et quelle traîne hélas! chaque jour au tombeau;
J'ai trouvé pour le prix de mes travaux, mes peines,
Le mépris, le dégoût, la misère, et les haines;
Tandis que j'ai trouvé dans la grande cité,
Dans cette capitale où le ciel empesté,
Fait souvent trébucher la vertu la plus pure,
Jetée à la débauche en ignoble pâture,

Où le mensonge adroit, comme un serpent cruel,
Se roule pour darder son aiguillon mortel,
Où le crime, toujours debout pour le supplice,
Aiguise le poignard et lasse la justice,
Où, le front découvert, la prostitution
Arrête le passant, l'emplit d'infection;
Tandis que j'ai trouvé dans Paris la Sodome,
Qui forme, nous dit-on, relève, agrandit l'homme;
J'ai trouvé des mortels sans foi, sans loyauté,
Qui n'ont jamais connu l'auguste vérité,
Glorieux de descendre aux plus viles bassesses,
Pour quêter des honneurs, d'infamantes richesses,
Qui, jaloux de vous voir arriver à bon port,
Des tempêtes sur vous déchaineront l'effort,
Borderont de rescifs les abords du rivage
Afin de rire après, triompher du naufrage;
J'ai trouvé des auteurs, (il est vrai nuls et vains),
Car, pauvre, je n'osais m'adresser qu'à des nains,
Qui disaient d'une pièce offerte à leur sentence:
C'est digne des Français ou de la Renaissance,
Ou qui, sans se troubler, prenant un air profond,
En censuraient, gaiement, et le style et le fond,

Et ceux qui me tenaient cet imposant langage
Avaient lu.. devinez.. pas un mot de l'ouvrage,
Non, pas le moindre mot... écoutez le récit
D'un fait qu'en souriant ma plume ici décrit :
 Auteur, sans nul espoir, d'une pièce tragique,
Que je trouve, il est vrai, moi-même assez comique,
Je voulus consulter un bienveillant auteur,
Pour en faire estimer à peu près la valeur;
Je me rends donc, un jour, chez mon juge sévère
Qui me reçoit d'abord comme un digne confrère;
Soudain nous prenons place, et relevant le ton,
Du héros du sujet je décline le nom,
A l'instant, mon auteur, enragé romantique,
Présume que je vais lui lire du classique,
Et se levant alors d'un air tout dédaigneux,
M'annonce que le tems l'appelle en divers lieux,
Me priant de laisser en ses mains mon ouvrage
Qu'il lira seul, dit il, avec plus d'avantage ;
Sans répliquer un mot à ce touchant début,
J'empoche mon écrit et lui fais mon salut;
Trois jours étaient passés, quand un démon sans doute,
Me le fait nez à nez rencontrer sur ma route,

Il m'aborde aussitôt, et par un tour maudit,
J'ai lu, m'annonce-t-il, *hier*, votre manuscrit,
La scène n'est pas mal, la *prose* est bien écrite,
Continuez, Monsieur, vous avez du mérite ;
Mais n'allez pas chercher des Grecs ou des Romains,
Faites-nous du moderne et l'on battra des mains !
A de pareils aveux faits d'un air plein d'audace,
J'étais tout stupéfait, le regardant en face,
Ne sachant si je dois rire au nez du bourreau,
Ou d'un grand coup de poing lui briser le cerveau,
Pour lui faire savoir, roulant dans la poussière,
Qu'il n'a pu lire en *prose*, *hier*, ce qu'en ma colère,
J'ai brûlé comme *vers* depuis deux jours entiers ;
Mais reprimant soudain des transports trop altiers,
Crainte de m'attirer quelque duel perfide,
Dont, je le dis tout haut, je ne suis pas avide,
Je change de visée, et d'un air de bonté :
Monsieur, lui dis-je alors, je suis vraiment flatté
Que vous ayez trouvé mes vers... ma prose bonne..
A ce grand mot de vers qui par mégarde sonne,
Je vois pâlir le sire et froncer le sourcil,
Ne me laissant plus voir que son honteux profil,

Il croit que j'ai compris seulement à son dire
Que d'une œuvre défunte il n'avait rien dû lire ;
Nous restons un instant déroutés, et des yeux
Querellons tour à tour et la terre et les cieux,
Quand mon haut protecteur, pour se tirer d'affaire,
(Chose qu'autant que lui mon cœur brûlait de faire!)
Me dit troublé, je pars, et, me pressant la main,
Je vous reporterai votre pièce demain.
Ne vous dérangez pas, dis-je, j'irai la prendre ;
Mais non, dispensez-vous, Monsieur, de me la rendre,
Procurez-moi l'honneur de vous en faire don. —
Puisque vous le voulez, j'accepte sans façon,
Dit-il, et vous rends grâce, — Il n'en vaut pas la peine,
Et de l'occasion je bénirai ma veine,
Si vous daignez, Monsieur, la relire à loisir, —
Comment donc ! c'est toujours avec nouveau plaisir,
Mais je pars. Il partit, et sur ma Tragédie,
C'est ainsi qu'entre nous finit la comédie ;
Croyez que de ceci le principal est vrai,
(Noble encouragement pour mon premier essai !)
Je dévore l'affront et, plus opiniâtre,
Je cours plein de dépit aborder un théâtre,

Et fais remettre alors un drame au directeur,
Qui préalablement veut connaître l'auteur :
Je n'avais pas d'habit, ainsi qu'à l'ordinaire,
Je viens donc tout craintif comme l'est la misère ;
Il me lorgne aussitôt et je me vois proscrit,
Je vois que sur mon dos il a lu mon écrit,
Et comme ma parure est comme moi chagrine,
C'était me condamner que juger sur sa mine :
Je l'étais ; mais j'ai su, me trouvant ainsi prêt,
Recevoir sans pâlir mon gracieux arrêt :
Enfin dans la cité d'où la vertu s'éclipse,
Le *Mystère* pour moi qu'offre l'Apocalypse,
Que mes rêves montraient comme le plus doux port,
J'ai trouvé le mépris, les chagrins et la mort !
Et c'est là le destin qu'à tout mortel apprête
Ce monde gangréné dont Paris est la tête !
Quoi ! pas un lieu béni, dans ce siècle fangeux,
Où l'on puisse trouver ce mortel vertueux
A qui l'on peut, sans peur de trahison infâme,
Découvrir hautement les secrets de son âme,
Confier ses désirs, ses peines, son bonheur,
Qui laisse deviner ce qu'éprouve son cœur,

Qui de nos intérêts prend la juste défense,
Dont les conseils sont purs comme la conscience,
Dont ce vil ennemi de la fraternité,
L'intérêt, ne saurait vaincre la probité;
Qui confondant toujours sa vie en notre vie,
Comme le grand Montaigne avec La Boëtie,
Des yeux de l'amitié se regarde en autrui,
Et vit toujours en nous quand nous vivons en lui!
A qui dirait avoir ce trésor en partage
Dites: c'est faux, ou seul, tu connais le seul sage,
Non, non, cela n'est point, car nos plus chers amis,
Sont les plus dangereux de tous nos ennemis.
Pas un auteur non plus, qui nous prête main forte,
Pas un journal encor, qui nous ouvre la porte,
Et puis, pour mettre fin à de si cuisants maux
Un vertige cruel vient creuser des tombeaux,
Où l'affreuse débauche, autre de la misère,
Offrant ses doux poisons à cette vie amère,
Vient détruire souvent une célébrité,
Et livrer le génie à la stupidité,
Faire d'un honnête homme, un bandit, un faussaire,
Un infame assassin, un affreux Lacenaire,

Et faire enfin tomber sous la main du bourreau,
La tête d'un Corneille ou bien d'un Mirabeau !
Oui, c'est la vérité : parmi cette jeunesse,
Qu'on abandonne hélas au malheur qui la presse,
Qu'on voit à chaque instant attenter à ses jours,
Se vautrer dans la lie et les sales amours,
Qui va peupler le bagne aux hideuses retraites,
Ou gorger l'échafaud et de sang et de têtes,
Il est de nobles cœurs, remplis de loyauté,
Que fait battre l'honneur, la générosité,
Des esprits cultivés par l'art et la science,
Brûlants de volonté, d'amour, d'intelligence,
Qui sentent sous leurs fronts le pouvoir créateur,
Cette flamme sacrée et de l'âme et du cœur;
Qui pourraient, noblement entrant dans la carrière,
Des lettres et des arts reculer la barrière,
Égaler, surpasser, par un chemin nouveau,
Pascal et Bossuet et Voltaire et Rousseau,
Nous retracer encor dans d'immortelles pages,
De ces aigles vainqueurs les vivante images,
Bien mériter comme eux de la postérité,
Et léguer un beau nom à l'immortalité,

Si, sans égard surtout au titre, à la naissance;
L'on nous prêtait à tous une égale assistance,
Mais pour le pauvre, hélas! non non, point de crédit,
Le mérite n'est rien, quand il n'a pas d'habit,
Et tandis que le riche ignorant le domine,
Et que la porte d'or s'ouvre afin qu'il chemine
Le pauvre, intelligent, meurt sous le poids du mal
Car tout pour lui se ferme, excepté l'hopital!
Je sais bien pour ma part, que je ne dois point croire,
Que j'atteigne jamais le haut dégré de gloire,
Où se sont élevés ces esprits créateurs,
Où brillent de nos jours tant d'illustres auteurs;
Oui je sais que je dois borner mes espérances
Et conserver de moi de justes défiances,
Je sais, qu'à mon néant convient l'humilité;
Mais je suis jeune encor et j'ai la volonté,
Et je sens mon esprit s'agiter idolâtre,
A des rêves d'honneur, de lettres, de théatre,
Et si quelqu'un daignait encourager mon vol,
Je planerais, peut-être, au-dessus de ce sol
Où me tiennent liés, par une forte étreinte,
La misère, le mal, l'abandon et la crainte:

L'aigle qui, sans appui, voit périr son aiglon,
Arrive, le soutient, frôlant son aileron,
Une mère, un époux, quand leur fils en bas âge,
Ne peut seul arriver au terme du voyage,
Lui prodiguent le lait, ils dirigent ses pas,
Et ne le livrent point à l'infamant trépas,
Mais la presse sans cœur, par les soins homicides
De ses puissants lions, d'infortunes avides,
Bien loin de secourir de pauvres aspirans,
Et de nourrir d'espoir leurs rêves délirans,
S'ils présentent la bouche au jet de ses mamelles,
Elle leur dit : de l'or! ou de ses dents cruelles,
Leur déchire le cœur, boit leur sang et s'endort,
Pour mieux rire au réveil de voir un enfant mort,
Ainsi qu'un frère avare agirait dans sa rage
Dans la crainte de voir partager l'héritage;
Pour le pauvre, jamais le temple n'est ouvert;
De mépris et de boue il est toujours couvert;
En allégeant le joug qui fait courber sa tête,
On peut du malheureux faire un mortel honnête,
Mais par un sot orgueil, un coupable dédain,
L'on aime mieux en faire un infâme assassin;

Aux tournois, d'un coursier l'on soldera la course,
Mais on laisse l'esprit galoper sans ressource;
On fait des monumens pour un luxe honteux,
Mais on laisse crouler le toit du malheureux!
Oui, malgré son recours en grâce et ses prières,
Tous les cœurs fermeront leurs portes meurtrières,
Car s'ils daignaient ouvrir, par ce juste devoir,
Ils pourraient l'arracher aux bras du désespoir,
Et se priver, par là, du plaisir homicide
D'égayer le public bientôt d'un suicide!!
   Ah! s'il en est ainsi, si la sincérité,
Si l'amitié, l'amour, la foi, la probité,
Ont fait place au mensonge, au crime sur la terre,
Si le mot de vertu n'est plus qu'une chimère,
Si mon sort ici bas est de voir, chaque jour,
Des traitres me tromper par quelqu'adroit détour,
Si je ne puis trouver dans ce monde de crime
Une femme, un ami, dignes de mon estime,
S'il me faut rejeter l'amour et l'amitié,
Et jurer aux mortels une horreur sans pitié,
Quand pour un cœur aimant qu'irrite l'injustice,
Quoi qu'il soit loin, hélas! d'être exempt de tout vice,
Il eut été si doux de pouvoir sans retour,

Jurer au monde entier un éternel amour,
S'il me faut en un mot, sans appui, sans fortune
Trainer sans nul espoir une vie importune,
Vivre ignoré de tous et repoussé par tous,
Dans un hideux repaire et comme les hiboux,
Ah! touché du malheur dont le réseau m'englobe
Grand Dieu! tu me permets de déserter ce globe,
Où saturé de fiel et privé de tout bien,
Je suis blasé sur tout, et n'ai joui de rien,
Où je n'ai pu jamais savourer quelques charmes,
Contraint de l'arroser de permanentes larmes,
Où j'ai toujours senti mes esprits s'abîmer
Sans qu'un seul doux rayon ait pu les ranimer,
Non je ne pense pas que, depuis vingt années,
Un rayon de bonheur ait doré mes journées.
Tandis que, rassemblés pour de riants festins,
Savourant de doux mets, de délicieux vins,
Sous de riches lambris éclatant de lumières,
Mille Lions dorés passent les nuits entières
A chanter, folâtrer dans leurs ébats bruyans,
A s'étendre, enivrés, sur de moelleux divans,
Doucement caressés par de joyeuses femmes
Qui des punchs vaporeux, font ondoyer les flammes;

Tandis que, souriants, en foule, les plaisirs
Viennent, de toutes parts, exciter leurs désirs;
Tandis qu'à leurs chevets de bienfaisants génies,
Viennent les abreuver de faveurs infinies,
De rêves enchanteurs bercer leur doux sommeil,
Et que la volupté les attend au réveil :
Moi, penché sur mon coude, attristé, solitaire,
Dans un hideux réduit, privé d'air, de lumière,
Je mange un mauvais pain, bois une mauvaise eau,
Et gis sur mon grabat comme dans un tombeau,
Nulle femme jamais, pas même dans un songe,
Ne vient me caresser par quelqu'heureux mensonge,
Car, toujours le malheur qui veille à mon chevet
Et fait de mon dur lit le plus cruel gibet,
Dès qu'un pesant sommeil vient voiler ma paupière,
Relevant sa massue et sourd à ma prière,
Vient frapper ma poitrine où râle un lourd soupir,
En criant : lève-toi, debout, il faut souffrir,
Où si parfois, lassé, quand à frapper il sue,
Se sentant défaillir, il lâche sa massue,
Ce démon, pour qu'aumoins il me frappe d'effroi,
Monte en mon lit, s'endort, et s'éveille avec moi !

Tandis que, renfermés dans de doux équipages,
Ils brisent nos pavés, et que sur leurs passages,
Tout s'écarte à l'instant, fait place à leurs grandeurs,
Pour mieux les enivrer de respects et d'honneurs;
Moi, je chemine à pied et souvent sans chaussures,
Et reçois de leurs chars quelques éclaboussures;
Tandis qu'autour d'un âtre, en des fauteuils bourrés,
Des plus rigoureux froids ils bravent les dégrés,
Moi, couvert de haillons, lorsque la glace brille,
Je gèle dans un coin où nul feu ne pétille;
Oui, tous les maux cruels faisant de moi leur jeu,
M'ont miné tout entier de leur lave de feu,
Et sans aucun espoir qu'une main bienfaitrice
Vienne appaiser jamais l'horreur de mon supplice;
Car, derrière, à côté, devant moi, constamment
Je n'aperçois qu'objets d'un éternel tourment!
Si quelquefois hélas, un doux rayon de flamme,
D'une lueur d'espoir veut réchauffer mon âme
S'indignant que le sort qui la vient opprimer,
La force de haïr ce qu'elle veut aimer,
Si j'agite mes fers et veux rompre leur chaine,
Pour tenter de nouveau la fortune inhumaine,

Si je lève la tête, une voix dit soudain :
Arrête ! pour jamais est barré le chemin,
Oui, tu seras toujours, ainsi qu'une âme impure,
Proscrit par les mortels et toute la nature,
Aussitôt, abattu, je rentre en mon néant,
Maudissant l'univers, pleurant comme un enfant,
N'ayant plus le pouvoir de penser ni d'écrire,
Si ce n'est pour tracer, l'esprit tout en délire,
Ces derniers vers de mort dont le style et le fond
Paraîtront faibles même au lecteur peu profond. —
Dieu, laisse-moi mourir, ne permets pas encore
Qu'en prolongeant ma vie au séjour que j'abhorre,
Miné de corps, d'esprit, réduit au dernier sou,
J'infecte l'hopital ou je devienne fou,
Ou bien que le démon s'emparant de mon âme,
Me fasse hélas ! souiller de quelque crime infâme,
Qui poursuivant partout mon esprit délirant
Me percerait sans fin d'un remords déchirant,
Ou bien me fasse encor lancer contre toi-même
Le sarcasme, l'insulte, hélas ! et le blasphême
Que je crains chaque jour de sentir, malgré moi,
S'échapper de ma bouche en ébranlant ma foi :

Il vaut mieux mille fois commettre un suicide
Qu'être homicide ou bien infernal déïcide.
Quand l'homme ne peut plus dans sa rage de feu,
Que maudire le monde et qu'offenser son Dieu,
Qu'il ne peut plus servir ce Dieu ni ses semblables,
Il doit pouvoir finir des jours si misérables.
Oui, mon Dieu ! laisse moi quitter ces lieux mortels
Pour aller m'énivrer des bienfaits éternels,
Laisse-moi m'élancer vers la Sion divine,
Où le bonheur sans fin nous berce et nous domine,
Où tu dispenses tout avec égalité,
Où l'on trouve toujours amour, fraternité ;...
Car je ne puis penser, être en qui j'aime croire
Parceque j'aperçois ta puissance et ta gloire,
Dans les cieux, sur les mers, sur la terre et partout,
Et que je sens enfin ton souffle animer tout,
Non je ne puis penser, ô mon Dieu! que cette âme,
Ce céleste reflet de ta divine flamme,
Ce feu dont la pensée est l'élément, le jour,
Qui vit de sentiment et de gloire et d'amour,
Qui rêve, avec orgueil, l'existence éternelle,
Soit comme la matière, et fragile et mortelle

Et serve de pâture au Dieu du mécréant,
A ce Dieu de la mort qu'on appelle néant,
Le néant! le néant!... ah! votre âme oppressée,
Vous qui vivez surtout d'amour et de pensée,
S'est-elle quelquefois plongée, avec horreur,
Dans ce vide hideux, sans bords, sans profondeur,
Ne frémissez-vous pas en pensant qu'en ce gouffre,
Tout, tout, sans le remplir et s'abîme et s'engouffre;
Vous êtes-vous bien dit, vous croyant, vous chrétien,
Je ne serai plus rien,... rien... rien... à jamais rien!
La mort, qui, menaçant, déjà brandit son glaive,
Sera pour moi sans fin, sans réveil et sans rêve:
Mon âme avec mon corps mourant par le trépas
Sera comme elle était quand elle n'était pas!!
Ah! plutôt que ce sort sur moi s'appesantisse,
Oui! mille fois la vie et son affreux supplice,
Et mille fois plutôt des tourmens infernaux
Que cette horrible fin à mes horribles maux!
Mais cependant hélas! sais-je ce qui s'apprête,
Sais-je bien si ce souffle incompris dans ma tête,
Quand je l'aurai brisée, ira d'un noble vol
S'élancer vers les cieux de ce terrestre sol,

Sais-je bien si ce feu, puissant et créateur,
Conserve par lui seul sa force et sa chaleur,
Sans dépendre d'un corps qui le chauffe et l'enferme,
Ah! ne serait-ce pas un gaz sans vital germe,
Qui, quand on brise l'urne où nous l'avons inclus
Sort, siffle, disparaît, s'évapore et n'est plus;
Ou bien qui, demeurant sans chaleur dans le vase,
Lorsque la mort, du pied le renverse et l'écrase,
Meurt, descend avec lui, privé d'un feu nouveau,
Pour n'en jamais sortir, dans l'éternel tombeau...
Oh! non, non, ô mon Dieu! cela ne peut pas être,
Non tu ne détruis point ce qui vient de ton être,
Non tu ne détruis pas tout l'homme méchamment,
Pour nous faire subir le même châtiment!
Non, tu ne jettes pas confondus dans l'abime
Le vice, la vertu, le bienfait et le crime,
Et l'âme ce reflet de l'immortalité
Doit remonter bientôt vers son immensité;
Oui, j'apperçois dejà les célestes phalanges,
Et ton front rayonnant encensé par les anges;
Oui, oui, j'entends déjà dans les cieux entr'ouverts,
Des légions des saints les sublimes concerts,

Et je vais retrouver, du moins mon cœur l'espère,
Trois frères, une sœur, et la plus digne mère,
Que la mort, sans pitié pour leurs cris suppliants,
Vint frapper de sa faulx, hélas! dans leur printemps,
Pour me laisser tout seul isolé dans le monde,
Toujours inconsolable en ma douleur profonde;
Oh! que de pleurs amers mes yeux ont répandus
Depuis l'instant, amis, qu'ils ne vous ont plus vus;
Non, de vingt ans d'hivers la froidure mortelle
N'a pu de l'amitié refroidir l'étincelle,
Et l'haleine du temps qui sait effacer tout,
Semble plus vivement vous retracer partout,
Car depuis que sur vous l'éternité se lève
Jour et nuit à mes yeux vous vous offrez en rêve :
Ah! c'est qu'en vieillissant tout vide et triste cœur
D'un véritable ami comprend mieux la douceur,
C'est que le noir tableau d'un présent plein d'alarmes
Trace plus vivement un passé plein de charmes,
C'est que les jeux, les ris en bas-âge formés,
Toujours dans l'âge mur en pleurs sont transformés!
Oui, je vais retrouver en vous, mes nobles frères,
Ces mortels désirés et ces amis sincères;

Oui, je vais retrouver en toi ma chaste sœur,
Qui vit venir la mort avec tant de douleur...
Ah ! tu n'avais alors que vingt belles années
Que nulle passion n'avait encor fanées,
Tu n'avais encor vu que les champs, les coteaux,
Tu n'avais entendu que le chant des oiseaux ;
Tous tes rêves t'offraient des charmes dans la vie
Tout s'étalait riant à ton âme ravie ;
Car tu me répétais, à ton dernier soupir,
A moi, noyé de pleurs en te voyant mourir,
Que j'allais être *heureux de vivre*, quand ton âme
S'élançait vers les cieux comme un soleil de flamme...
Ah ! tu ne savais pas que la réalité,
Pouvait t'empoisonner de son souffle empesté,
Et qu'une *seule fois* il vaut mieux une tombe
Qu'un monde où sans mourir chaque jour on succombe;
Combien de cœurs flétris par des vices sans frein,
Voudroient avoir été fauchés dès leur matin,
Pour conserver encor leur robe d'innocence ;
Va, ce n'est qu'au tombeau qu'on trouve l'existence...
Plût au cruel destin, qu'à cette heure de deuil,
J'eusse avec vous, amis, pu descendre au cercueil !

Oui, je vais retrouver, dis-je, en ton âme aimante,
L'amitié d'une sœur et l'amour d'une amante;
Mais de l'amante, aimant de l'amour virginal,
Mais de l'amour de l'ange et qui n'a rien de mal;
Oui, je vais retrouver en toi, ma sainte mère,
Cette âme de bonté dont l'amour, la prière,
Ne purent arracher au cruel oiseleur
Ces enfans que bientôt tu suivis de douleur.
Et puis s'accompliront tous mes rêves sublimes
Qui ne pouvaient éclore en ce monde de crimes :
Oui, mon Dieu, c'en est fait, je meurs, et de mes mains
Je brise enfin la vie et ses cruels chagrins.
Mais, avant que d'aller soutenir ta présence,
De ton saint tribunal entendre la sentence,
Permets que de mes torts j'implore le pardon,
Car pour pouvoir goûter à l'ineffable don,
Pour aller savourer la félicité pure,
Il faut être sans tache et lavé de souillure :
De mes fautes, grand Dieu, je fais donc les aveux,
Et par mon repentir, ma prière et mes vœux,
J'implore prosterné ta divine clémence.
Je dépose à tes pieds tout désir de vengeance

Et veux bien pardonner à tous mes oppresseurs,
Comme tu pardonnas à tes persécuteurs.
Ah ! daignez pardonner à l'affreux sacrifice
Que je vais accomplir en ce jour de justice,
Vous de qui le destin par un sang condamné
M'a rendu le parent, le fils infortuné,
O toi mon bien aimé, mon vénérable père,
Et toi noble vertu, toi ma seconde mère,
Dont le cœur bienfaisant, par sa rare bonté
De soins tout maternels m'à toujours sustenté
Et dont enfin l'amour que je sais reconnaître,
Une seconde fois a su me donner l'être;
Vous qui comprenant mal nos communs intérêts,
Tous deux changeant bientôt vos généreux décrets
M'avez, pour un instant, contre vos vœux sans doute,
Détourné loin du port et brisé dans ma route ;
Mais à qui je ne veux reprocher jamais rien,
Parcequ'en fesant mal vous crûtes faire bien,
Et qu'un vrai fils, surtout, doit, à peine de crime,
Vénérer son auteur, même lorsqu'il l'opprime,
Vous, dis-je que je vais envelopper de deuil
En me précipitant par le fer au cercueil,

Vous que mon amitié, répondant à la vôtre,
A toujours entouré du respect de l'apôtre,
Vous que je pleure seuls en ce moment cruel,
Donnez à votre fils le pardon paternel !
Et je meurs satisfait, et, le cœur plein d'ivresse ;
Dans les bras de la mort aussitôt je me presse,
Oh ne me plaignez point, ne versez pas de pleurs
Sur mon triste trépas, pour moi plein de douceurs :
La mort brisant tous maux, de tous biens nous enivre,
L'homme vit pour mourir et doit mourir pour vivre ;
Adieu ! consolez-vous, vivez toujours en paix ;
Adieu ! déjà la mort nous sépare à jamais,
Adieu, soyez bénis par ma dernière larme !
Adieu, je vais mourir, déjà je tiens mon arme...
Mourir ! quand hier à peine a fini mon printemps,
Comme une ombre emporté sur les aîles du temps,
Mourir ! sans avoir pu pour alléger mes chaînes,
Rencontrer un ami, lui confier mes peines,
Mourir ! sans que jamais la coupe du plaisir,
Ait effleuré ma lèvre altérée au désir,
Mourir, sans que jamais une bouche de femme
D'un mot riant d'amour ait caressé mon âme !

Mourir, mourir enfin, avant d'avoir vécu !
O destin trop cruel ! quoi ! demeurer vaincu
Malgré tous mes combats .. non, ce n'est pas sans lutte
Que l'invincible sort m'écrase dans ma chute,
Car je serais un lâche, et jamais le malheur
Ne m'a fait déserter le poste de l'honneur ;
Jamais la peur du mal par sa loi meurtrière,
Ne m'a fait reculer, regarder en arrière;
Avant que sans retour le sort m'ait abattu,
Corps à corps avec lui j'ai long-tems combattu,
Depuis vingt ans entiers, en vigoureux athlète,
Luttant d'âme et de corps, j'ai su lui tenir tête;
Très souvent il m'a vu presqu'au dernier soupir
Me relever encor, contre lui me raidir ;
Enfin j'ai combattu sans cesse avec courage,
Jusqu'au moment fatal où redoublant de rage,
Le malheur appelant mille renforts nouveaux,
Luttant contre moi seul avec tous ses bourreaux,
Après m'avoir broyé sous sa roue inhumaine,
Ensanglanté, mourant, me jeta sur l'arène,
Et si je cède ainsi sous le coup qui m'abat,
C'est parceque je suis brisé, hors de combat,

C'est parce que je vois que nul ne me relève,
Que j'achève ma vie et son pénible rêve,
C'est parce que mes yeux ne peuvent plus revoir
Dans mon sombre horizon me sourire l'espoir,
Par qui tout se soutient, se ranime et respire,
Mais sans qui tout aussi languit, succombe, expire:
Ah? je retrouverais peut-être quelqu'ardeur
Et je pourrais encor triompher du malheur,
Si quelqu'un étanchait le sang de ma blessure,
Si tout ne me livrait au mal qui me torture; ..
N'est-il donc plus, mon Dieu, de mortel généreux
Qui puisse s'attendrir au sort du malheureux,
N'est-il pas dans le monde un doux ange, une femme
Qui daigne compatir aux tourmens de mon âme,
Et qui viendrait, sachant mon funeste dessein,
Détourner l'instrument qui va percer mon sein,
Et s'écrierait avant que ma main meurtrière,
Du flambeau pour jamais n'ait éteint la lumière:
Arrête! ne meurs point, oh! conserve tes jours
Pour confondre avec moi ta vie et tes amours;
Oui je veux, désormais, par mes soins ma tendresse
Que tes jours et tes nuits s'écoulent sans tristesse,

Que la douce rosée, au parfum créateur,
De charmes infinis flatte, énivre ton cœur,
Que jamais sur ton front n'éclate nul orage,
Car je dissiperai tout funeste nuage,
Éclairés, animés par le même rayon,
Tout viendra resserrer la plus douce union,
Toujours se confondront nos brûlantes haleines,
Un même sang toujours coulera dans nos veines,
Nous ne serons qu'un seul sous une même loi,
Je serai toute en toi, tu seras tout en moi!,
Oui, grand Dieu, si, tandis que le fiel, l'injustice
Augmentent chaque jour et hâtent mon supplice,
Si, tandis que mon âme en son cachot impur
Se torture expirant du trépas le plus dur,
J'entendais, à travers les barreaux de ma cage,
Une voix murmurer d'un suave langage,
Ce mot divin : « Je t'aime, » ah! Lazare nouveau,
A la voix de son Dieu s'échappant du tombeau,
Oui soudain à la voix de l'ange au cœur de femme,
Je renaitrais brulant d'une magique flamme;
Et toujours enivré de parfums et d'amour
L'existence pour moi s'accroitrait chaque jour.

Et ! comment craindre encor qu'elle me fût ravie !
Si la femme est l'amour, ah ! l'amour c'est la vie,
Et je crîrais alors triomphant et charmé :
Sort, je ne te crains plus, j'aime, je suis aimé !
Mais hélas ! non jamais cette Eve ravissante
Ne viendra ranimer mon ame agonisante,
De l'amour en mon cœur allumer le flambeau
Et faire un beau séjour d'un fétide tombeau ;
C'est envain, c'est envain que jour et nuit en quête,
Je chercherais partout cette noble conquête,
Ce n'est plus qu'à travers quelque songe imposteur
Que brille de l'amour le rayon enchanteur,
Car aujourd'hui, surtout dans la grande Sodome,
La femme est le vautour rongeur du cœur de l'homme ;
Son ame des vertus fuit le gênant trésor
Et son cœur ne bat plus qu'au vil contact de l'or :
O honte ? ce beau feu qui vers Dieu nous élève,
L'amour, le pur amour n'est plus qu'un cuisant rêve,
O honte ? il faut pour vivre en ce terrestre enfer,
Si l'on n'a pas de l'or, avoir un cœur de fer :
Oui mourons, car envain j'espererais encore
Qu'à l'instant d'une mort qu'avec ardeur j'implore,

Quelque cœur attendri sur mon cruel destin
Accourait prendre place à mon triste festin,
Pour m'aider à vider la coupe d'amertume
Dont le poison trop lent me brûle et me consume,
Et présenter, riant, à mes lèvres en feu
Ce nectar qui remplit comme un souffle de Dieu,
Le passé, le présent, l'avenir, de doux charmes,
Sans laisser nulle place en nos cœurs aux alarmes;
Non, nulle femme émue à tous mes maux soufferts
Ne viendrait, d'un regard, faire tomber mes fers;
Nul ami ne viendrait à mon heure dernière,
L'œil humide de pleurs me fermer la paupière,
Nul n'accompagnerait, le front couvert de deuil,
Jusqu'au lieu du repos mon funèbre cercueil,
Nulle femme le soir, pleurante, échévelée,
Ne viendrait consoler mon ombre désolée,
Nulle encor, quand le temps, de sa faulx sans pardon,
L'abattrait, la trouvant mûre pour la moisson,
Non, nulle ne voudrait, même sous le suaire,
Dresser auprès de moi sa couche funéraire,
Car on fuit le malheur, (alors fort peu jaloux)
Même dans le tombeau qui nous nivelle tous;

Ainsi, comme proscrit par la haine ou l'envie,
Je fus toujours tout seul au banquet de la vie,
Proscrit et rejeté, par le plus triste sort,
Je serais seul encore au banquet de la mort;
Mourons donc, mourons donc d'une mort violente,
Pour briser ce penser qui m'emplit d'épouvante,
Mourons, puisqu'il n'est plus de bonheur sons les cieux
Puisqu'on n'a plus d'amis quand on est malheureux,
Mourons! c'est trop long-temps attendre une chimère,
Non l'amitié, l'amour n'habitent plus la terre
Ce monde est une mer infectée et sans ports,
Ou les mœurs, la vertu, s'écoulent à pleins bords,
Un vaste lupanaire où le crime en démence
Se nourrit de l'honneur, du sang de l'innocence,
Où chaque homme a reçu la bouche pour mentir,
Les bras pour poignarder et le cœur pour haïr.
Oui, ce monde épuisé des pieds jusqu'à la tête
N'est déjà plus pour moi qu'un immense squelette
Dont chacun se dispute à grands coups de poignards
Ce qui reste de sang et de membres épars:
Maintenant donc, adieu, monde aux sanglantes haines,
Où mon corps, mon esprit gémissaient dans les chaines;

Adieu fortune ingrate, objet de nos tourmens,
Et qui ne sais ouvrir tes coffres qu'aux méchants,
Adieu sexe sans cœur, *présent le plus funeste*
Qu'ait pu faire aux mortels *la colère céleste* ;
Adieu Lions de presse, auteurs et directeurs
Dont l'ame sans pitié repoussa mes malheurs ;
Adieu, France, pays que tes bâtards, les crimes
Déchirent chaque jour, traînent dans les abîmes,
Et que bientôt le ciel, au gré de mes souhaits,
Pour punir justement tes ignobles forfaits,
Va, sans doute, engloûtir, dans sa vengeance prompte,
Sous un brûlant déluge, et de boue et de honte :
Oui, puissent contre toi toutes les nations,
Faire ruer bientôt leurs impurs bataillons,
T'amoindrir tellement dans ta frêle coquille,
Que tu puisses *passer par le trou de l'aiguille.*
Si portant sur le front la couronne de feu,
Tu fus de l'univers et le phare et le Dieu,
Puisses-tu, succombant dans une fange immonde
Devenir désormais la marotte du monde,
Puissent les élémens unissant leurs fureurs,
Déchaîner contre toi leurs fléaux destructeurs;

Puissent, quand ils voudront trouver le synonîme
De toute lâcheté, toute honte et tout crime,
Maudissant des forfaits aux enfers sans égaux
Les peuples rencontrer dans le livre des mots,
Ce nom rempli d'horreur même pour la potence,
Ce nom maudit de tous, ce nom d'antéchrist : *France* ;
Adieu, lâches mortels, hommes aux faux regards,
Viveurs des fruits du vol et des coups de poignards;
Adieu vils renégats, je quitte avec délices,
Des êtres que je vois tout gangrenés de vices,
Adieu, je ne crains plus vos lâches trahisons,
Ni vos coups de stylets, ni vos subtils poisons.
Sans aucune pitié, votre infernale rage
Frappait mon ame en deuil, de mort et d'esclavage,
Détruisant sa prison, ce fer ensanglanté,
Lui rend par mon trépas, et vie et liberté;
Votre victime enfin, trompant votre furie,
Se dérobe aux festins de votre barbarie,
J'ai vécu! le trépas m'aura chassé demain,
Du monde et de Paris, ce grand bagne mondain,
Oui, bientôt l'on verra, dégagé de sa chaîne,
Ce cadavre rouler expirant sur la scène,

Et le crieur, pourra crier dans la cité :
« Un homme assassiné par la Société ».
Car c'est bien elle ici, qui, d'un bras homicide,
Dirige l'instrument dont je me suicide ;
Mais, puisqu'elle m'avait cloué sur le poteau,
Il est bien juste aussi qu'elle soit mon bourreau,
Quoiqu'elle n'ait point fait, dans sa rage mortelle,
Plus que la mienne ici voudrait faire contr'elle ;
Oh ! que je voudrais bien, de ce bras frémissant,
Lui plonger dans le sein un trépas flétrissant ;
Oh, que je voudrais bien voir une femme éprise
Pour quelqu'un qui la hait, la trompe et la méprise,
Qui la traîne souillée à l'infamant gibet
Donne à broyer ses chairs aux bras d'un chevalet,
Qui, pour mieux prolonger sa trop courte agonie,
Devant elle, brûlant d'une flamme infinie,
Tandis que la torture achève son trépas,
Prend l'amante qu'il aime et rit entre ses bras !
O Dieu que ces sanglots, ces râlemens, ces larmes,
Ces trépas, à mon cœur présenteraient de charmes!
Je voudrais voir encor ces hommes couverts d'or,
Qui refusent l'aumône au pauvre sans essor,

Renversés sans pitié du haut de leur puissance,
Et pour le juste prix de leur lâche inclémence,
Servir tous de coursiers aux rustres triomphans,
Qui de coups d'éperons leur perceraient les flancs;
Je voudrais, pour donner un festin à ma haine,
Qu'elle pût dévorer toute la race humaine,
Ou, vil Caligula, que l'univers entier,
N'eût qu'une seule tête et moi seul la scier,
Pour que l'humanité, dont l'aspect seul me navre,
Ne fut plus à mes yeux qu'un immense cadavre,
Dont je me gorgerais comme un chacal cruel,
Pour égayer mon cœur de doux repas de fiel!
Ah! je voudrais enfin, tant ma rage est extrême,
Avant de m'immoler me dévorer moi-même,
Pour pouvoir m'écrier que si tout m'a vaincu,
Avec moi, par moi seul aussi tout a vécu;
Oui je meurs satisfait pourvu qu'en mes entrailles,
L'univers avec moi marche à ses funérailles,
Qu'avec moi je le voie à *son dernier soupir*,
Que seul je le dévore et *meure de plaisir*.
Qu'attendez-vous, mon Dieu, pour plonger dans l'abîme
Ce monde où chaque jour vous détrône le crime,

Voyez vos ordres saints rejetés, méprisés,
Ces mortels, prétendus humains, civilisés,
Se dévorer ainsi que des antropophages,
Ou des tigres sortis de leurs antres sauvages,
Voyez, levant le front, partout l'impiété
Prêcher à l'univers son culte respecté,
Chassez, mon Dieu, chassez tous les vendeurs du temple
Qui brisent, polluent tout par leur impie exemple;
C'est assez, ô grand Dieu, d'être mort une fois
Pour racheter un monde insoumis à vos lois,
N'attendez pas encor qu'en sa vile colère,
Pour vous crucifier il vous traîne au calvaire,
Hélas vous n'avez plus de zêlé serviteur
Qui veuille en votre nom armer son bras vengeur,
Dans un siècle où, trônant dans leur orgueil suprême
Les hommes se font Dieux pour vous nier vous-même,
Où le mal seul est bien et le bien seul est mal,
Où Satan seul est Dieu, Dieu seul l'être infernal;
Oui toutes les tribus ont fui votre défense,
Et j'entends prononcer déjà votre sentence,
Et je vois de Judas tout un monde écumant
Dresser le bois fatal pour le crucifiement!

Levez-vous, Dieu vengeur, allumez votre foudre,
Qu'à l'instant vos bourreaux soient tous réduits en poudre
Et déchainant partout les éclairs et les flots
Replongez pour jamais l'univers au chaos;
Mais je vous vois enfin, Dieu des vengeances saintes,
Des foudres rallumer les fournaises éteintes!
j'entends déjà mugir les élémens brisés,
Se détacher des cieux les astres éclipsés,
Je vois déjà la nuit que la terreur seconde,
De longs crêpes de deuil envelopper le monde,
J'entends, je vois déjà, dans les plaines des airs,
Gronder et ruisseler la foudre et les éclairs,
Déjà dans un fracas impossible à décrire,
Comme un volcan, la terre éclate et se déchire,
Déjà, terrifiés, je vois de toutes parts,
Poussant des cris d'horreur, fuir les peuples épars;
Oui, c'en est fait enfin, dans de longs flots de laves,
La terre s'engloûtit avec ses vils esclaves,
Oui c'en est fait de vous, vos cris sont superflus,
Vains mortels, à genoux, bientôt vous n'êtes plus.
Comme le roulement des immenses tempêtes,
J'entends partout l'appel des célestes trompettes,

Et je cours assister au jugement dernier,
Qui rejette à l'enfer l'univers tout entier,
Oui, le trépas m'appelle et mon heure est sonnée,
Au cercueil! au cercueil! la vie est terminée,
Jeune homme, ouvre ton sein, frappe avec fermeté,
Et d'un coup de poignard, ouvre l'éternité :
Eh bien! me voilà prêt, déjà je tiens le glaive,
C'en est donc fait enfin, le grand drame s'achève,
Et je vole au séjour de l'éternelle loi,
Vil monde disparais, les cieux s'ouvrent pour moi.
Oh! je triomphe donc, l'esclave devient maître,
Et s'élève au-dessus de Dieu même peut-être;
Car il abat du sort la colère de feu,
Et ce que n'a point fait cet omnipotent Dieu,
En frappant un seul coup, dans moins d'une seconde,
Mon bras victorieux crée et détruit un monde,
Plus prompte que l'éclair, en soleil enchanté,
Du bout de mon poignard sort l'immortalité,
Un léger souffle seul des cieux est la barrière,
Je l'éteins, aussitôt j'aperçois la lumière!
Un pied dans le présent, l'autre dans l'avenir,
Je veux! L'avenir naît, le présent va finir!

Que je suis grand, ô mort! élevé sur ton trône!
L'esclave, maintenant porte au front la couronne;
Ainsi qu'en expirant l'éternel Jehovah
Terrassait les enfers sur le mont Golgotha,
De mes derniers soupirs je fais jaillir la foudre,
Et je vois l'univers tout entier se dissoudre;
Tordu dans leurs replis, nouveau Laocoon
Je sentais des serpents labourer l'aiguillon,
Je les vois maintenant, guéri de leurs tortures,
Regagner consternés leurs tanières impures :
Oui, de vous tous, mortels, je brave le courroux,
Tigres, obéissez, je suis plus fort que vous,
L'on peut de vos fureurs arrêter la démence
Lorsqu'on a pu soumettre et briser l'existence;
Je vous enchaîne tous avec ce fer vengeur;
Mourant, je lève aux cieux mon front triomphateur,
Et vous foulant aux pieds, d'une voix de tonnerre
Je chante ma victoire aux peuples de la terre;
Je suis fou, dites vous, puissantes sommités
Qu'enivrent de faveurs toutes les voluptés;
Eh bien! soit, j'y consens, je bénis ma folie
Qui me fait terminer une exécrable vie,

Qui d'un coup de poignard me fait briser mes fers,
Ouvrir soudain les cieux et fermer les enfers.
Obéissez, rampez au milieu des largesses,
Et toujours appauvris d'abondantes richesses,
De tous les vains plaisirs enivrez vos ardeurs
Pour récolter après des moissons de douleurs,
Recherchez des honneurs et de très hautes dames
Pour emplir de poisons et vos cœurs et vos ames;
Plus riche et plus heureux, moi, j'épouse la mort
Qui fidèle toujours embellira mon soit,
Et qui va me plonger, par des faveurs précoces,
Un poignard dans le cœur pour mon présent de noces,
Et qui va me donner, pour ma postérité,
Les ineffables fruits de l'immortalité.

Sois béni, sois béni, Démon-Dieu, Suicide
Dont le sombre génie et m'inspire et me guide,
Grand sacrificateur des proscrits des destins,
Faucheur hospitalier des malheureux humains,
Qui, pour finir leurs maux, dans tes miséricordes,
Gardes toujours du feu, des poignards, et des cordes,
Puisse-tu voir, toujours, respecté, tout puissant,
Tes autels inondés et de chairs et de sang,

Puissent, suivant toujours tes lois libératrices,
Tous les mortels t'offrir de sanglants sacrifices,
Puisse le monde entier, t'adoptant en tout lieu,
N'encenser, n'adorer que toi seul pour son Dieu !
Accepte ces doux vœux d'un fils qui te vénère
Et parfume d'encens ton temple funéraire,
Et sans plus de retard terminant son destin,
T'offre gaiement sa vie en sublime festin ;
Il en est temps, frappons. Ah ! c'en est fait, j'expire...
Oui, voilà, mon sang coule, à peine je respire..
Je sens mon âme fuir de mon corps qui s'abat,
Je meurs.. mais sous ma main cependant mon cœur bat..
Et ce sont des mortels que j'aperçois encore !
Quoi, je verrai toujours des êtres que j'abhorre !
Quoi, je ne puis mourir ! ce fer a donc faibli...
Ou, lâche que je suis, mon cœur a défailli...
A l'œuvre donc encor, car tu passes tes heures,
Lâche, relève toi, car il faut que tu meures,
Ressaisis ta victime et que ce fer, enfin,
Plongé jusqu'à la garde, apporte un coup certain...
Moi lâche ? dites-vous, de honte je frissonne...
Ah, voyez cette fois si le cœur m'abandonne

Hommes cruels, et vous, grandes dames surtout,
Vous dont les morts de sang flattent si bien le goût,
Aux douces voluptés tenez-vous toujours prêtes,
Oui je veux vous donner la plus belle des fêtes,
Oui, vos regards vont voir ce tableau ravissant,
Vont voir s'ouvrir mon sein vont voir des jets de sang;
Voyez, voyez le fer entrer dans ma poitrine,
Oui réjouissez-vous, je meurs, je m'assassine,
Et je vous jette encor pour combler votre horreur,
Mon cadavre où vos mains pourront tordre mon cœur,
Je frappe, regardez... mais quel démon m'oppresse...
Je tremble, mon courage est frappé de faiblesse
Et je sens le poignard s'échapper de ma main..
Ciel, quelle épaisse nuit m'environne soudain,..
Ah, voyez-vous là-bas, cet horrible fantôme
Dont le corps décharné se lève vers le dôme,
Il s'avance vers moi, menaçant, en fureur,
Il m'offre des poignards remplis de sang.. horreur!
Quels gouffres effrayans où le soufre s'allume
S'entrouvrent sous mes pieds que la lave consume!
Voyez-vous ces serpens et ces spectres hideux,
Voyez-vous ces démons se déchirant entr'eux

Ouvrant leur large gueule et rugissant de joie
En voyant arriver leur victime et leur proie !
Grand Dieu, je sens déjà leurs rateaux déchirans
Qui m'arrachent les chairs et fouillent dans mes flancs...
A mon aide ! écartez ces flammes dévorantes
Qui me couvrent partout de leurs laves sanglantes,
A mon aide ! étayez cette scène croulant,
D'où je tombe en lambeaux dans l'abime hurlant,
A mon aide ! apaisez les tourmens que je souffre,
A mon aide, grand Dieu ! je descends dans le gouffre...
Oui, les voilà ces lieux aux tourmens réservés,
Voilà ces criminels, ces horribles damnés,
Et ces rouges démons ministres des vengeances,
Qui déchirent leurs seins les clouent sur des potences,
Entendez-vous leurs cris, leurs lamentations,
Voyez-vous leur torture et leurs convulsions!
Mais quels sont ces damnés dans ces hideux repaires,
Que percent de poignards mille mains meurtrières,
Et dont les hurlemens qui déchirent le cœur,
Même dans les enfers, remplissant tout d'horreur,
Annoncent par l'effet du plus hideux supplice
Les forfaits les plus grands qu'ait flétri la justice ?

Ah, sans doute ce sont tous ces vils assassins
Qui du sang paternel ont entaché leurs mains..
Mais quels mots sont gravés sur tous les fronts livides,
Lisons : Tourmens sans fin des laches suicides !
  Quoi ! quand j'ai cru couper la trame de mes maux
Je me serais créé ces tourmens infernaux !
Quand je pense apporter un baume à mes blessures
J'enfanterais, grand Dieu, ces horribles tortures !
Quoi ! quand je crois goûter la sainte volupté !
Dans des flots de tourmens je suis précipité!
Quoi ! lorsque je termine une ephémère vie
Pour toujours aux enfers renaît son agonie !!
Oui, je les reconnais aux divers châtimens
Que chacun d'eux subit dans de longs hurlemens,
Voilà Sardanapale au milieu de ses femmes
Tout dégoutant de sang, de débauches infames,
Des torches à la main, embrâsant ses palais
Et consumé d'un feu qui ne finit jamais;
Voilà ce grand Caton, plein de terreurs soudaines
En croyant voir César lui préparer des chaînes,
Qui, pensant détourner un si cruel destin,
Se plonge et se replonge un poignard dans le sein ;

Voilà ces empereurs, ces grandeurs de la terre
Qui n'ont pas su porter le poids de la misère ;
Les voilà tous enfin, ces mortels de tous rangs,
Qui, pour fuir le malheur, se sont percé les flancs,
Maudits dans les enfers, même par les victimes,
Par les démons souillés des plus infames crimes
Et demandant sans cesse, en lamentables cris,
Qu'on leur rende les jours que leurs mains ont proscrits,
Et qu'on centuple encor s'il le faut, la souffrance
Qui tourmentait jadis, leur pénible existence,
Promettant qu'ils sauront supporter tout son poids
Et bénir du malheur les plus cruelles lois..
Mais déjà cependant, mon supplice s'apprête
Les démons célébrant une infernale fête,
A longs coups de marteaux me clouent sur le gibet,
Et sans cesse en mon sein je plonge mon stylet!..
Oh, non, je suis bercé par des rêves terribles
Non, vous ne voulez pas ces supplices horribles,
O mon Dieu! les tourmens que j'éprouve en mon cœur
Sont sans doute l'effet d'une sombre vapeur,
Et bientôt, échappant au séjour des vengeances,
J'irai goûter les fruits de vos munificences.

Non l'homme ne doit pas fuyant aux sombres bords
Pour une seule mort mériter mille morts..
Mais, silence! écoutez cette voix formidable :
« Oui, ce sont là les dons que je garde au coupable,
A qui proscrit la vie, à qui tranche ses jours
Avant que l'éternel en ait marqué le cours.
Retire-toi, maudit! de la cité divine
L'Eternel a chassé toute race assassine,
Va subir aux enfers les plus cruels trépas
Dont mon juste courroux frappe les scélérats,
Privé des saints trésors que ma main tutélaire,
Donne à l'enfant qui sait supporter sa misère,
Qui sait se confier en la bonté d'un Dieu,
Et qui ne maudit pas dans un coupable adieu
Des mortels dont l'amour calmerait ses souffrances
S'il ne méritait pas leur haine et leurs vengeances,
Qui ne rejetant point la foi, le sentiment,
Reprouvant à jamais un trépas infamant,
Ne détruit point un bien dont il n'est pas le maître,
Qu'il doit à sa patrie, au Dieu qui l'a fait naître,
Qui par mille vertus sait être juste et fort
Et dès lors peut lutter contre les coups du sort,

Et pieux pélerin que nul temps ne déroute
Jusqu'au terme fatal continuer sa route;
Car ainsi qu'un rocher dont les flots et les vents
A longs coups redoublés frappent en vain les flancs,
Le juste, même au sein des fureurs de l'orage,
Sait conserver le calme et la force du sage;
Que la terre en courroux, par d'affreux tremblemens,
S'entrouvre avec horreur, brise ses fondemens;
Que les feux, précurseurs des foudres dévorantes,
Embrâsent de la mer les ondes bouillonnantes,
Que les astres des cieux s'ébranlant avec bruit,
Ramènent du chaos la ténébreuse nuit,
Que l'univers entier s'écroule sur sa tête
Il attend sans terreur l'effet de la tempête;
Retire toi maudit, va porter à Satan,
L'ame que pour jamais va broyer ce tyran,
Anathême, anathême au fils qui s'homicide,
Damnation sans fin au lâche suicide! »
Qu'entends-je, juste ciel : où suis-je et qu'ai-je fait!
Quoi! pour jamais damné par un lâche forfait!..
Arrière affreux démons, fermez-vous, noirs abimes
D'où pour m'ensevelir se dressent tous les crimes;

Arrière, hideux spectre au déchirant regard,
Arrière, je veux vivre, et brise mon poignard !
Arrière, car déja moins sombres, moins funèbres,
A la lueur du jour s'éclipsent les ténèbres ;
Arrière, car mon âme en un vol radieux
De l'enfer refermé revole vers les cieux !
Oui je revois encor les célestes lumières ;
Oh je te remercie, ô mon Dieu, qui m'éclaires,
Oui je renais encore et par un noble effort,
De faible que j'étais je deviens homme fort.
Je veux vivre, s'il faut, martyr d'un sort contraire
Jusqu'au terme fatal marqué dans ma carrière,
Pour apprendre à savoir supporter le malheur,
Fuir le vil suicide et flétrir son horreur ;
Oui, mille fois plutôt la plus amère vie
Que ce lâche trépas flétri par l'infamie ;
Non je ne te crains plus, Suicide infernal,
Ténébreux envoyé de l'empire du mal,
Pour venir recruter de maladives ames
Et les jeter après aux éternelles flammes;
Sois maudit, sois maudit en tous lieux, en tous temps !
Au lieu de t'adresser mes vœux et mon encens,

De ce même poignard vomi par ta colère ,
Je brise tes autels et les mets en poussiére ,
Je m'arrache meurtri de tes griffes de feu
Et vole triomphant entre les bras de Dieu ;
L'esprit dont tes ciseaux avaient coupé les ailes
Et que tu dévorais dans tes serres cruelles,
Se ranimant encore au souffle des vertus ,
Reprend ses bras ailés dans la vase abattus ,
Regarde fièrement vers le ciel qui s'entrouvre ,
Et secouant au loin la fange qui les couvre
S'élance avec orgueil dans les plaines des airs ,
Brave et tient enchainés la foudre et les éclairs
Et remporte sur toi la plus grande victoire
Dont il puisse à jamais conserver la memoire ;
Tu pensais, sous tes pieds me broyant sans effort,
M'atteler tout sanglant au vil char de la mort ,
Eh bien! trompant l'effet de ta coupable envie,
Moi je t'attele au char triomphant de la vie ,
Et sous ses saints drapeaux de lauriers tout couverts
Je lui fais parcourir cet immense univers ,
Et je chante aux mortels d'une voix foudroyante,
Mon triomphe éclatant sur ta rage expirante ,

Pour leur apprendre à tous que toujours le malheur
Du combat avec toi, quand il veut, sort vainqueur;
Satan, qui dans toute ame avec Dieu cohabite,
M'a fait trembler long-temps par sa haine maudite,
Mais Dieu l'emporte enfin après tant de combats,
Au moment ou j'allais lui donner le trépas;
J'ai vaincu, car je sens la foi naître en mon ame
Et le ciel me remplir de la plus pure flamme,
J'ai vaincu, car je sens la force et la chaleur
Dans mon corps rajeuni faire battre mon cœur,
J'ai vaincu, car l'amour remplace la colère,
J'ai vaincu, car je crois au bonheur sur la terre,
Car j'y reprends les droits que tu m'avais ravis,
J'ai vaincu, j'ai vaincu, car tu meurs et je vis!
La grâce du pardon toujours accompagnée
Descend des saints parvis, la victoire est gagnée!
Ah! jamais nul mortel triomphant du destin
N'éprouva de transport plus pur et plus divin!
O terre! lève toi, viens, regarde et contemple
Le malheur triomphant, et suis son noble exemple!..
Quel esprit bienfesant, comme un rêve enchanteur
De la peine soudain me conduit au bonheur!

Quel charme magnétique inondant tout mon être,
M'appelant du tombeau, soudain me fait renaître,
Guide la vérité sur mes pas raffermis
Et me fait concevoir des secrets incompris,
Déchire le bandeau qui voilait ma paupière
Et lance dans ma nuit des torrens de lumière ?
Le cœur rempli de fiel, à moi-même en horreur,
Je me suicidais d'un excès de douleur,
Je crains dans le bonheur où mon âme se noie
De me suicider par un excès de joie ;
Naguère j'expirais sans croyance et sans lois,
Et maintenant je vis, je vois, j'entends, je crois,
Et jamais Séraphins n'éprouvèrent d'ivresse
Plus céleste que celle où mon ame s'oppresse ;
Sur un sanglant tréteau, comme un rêve détruit,
Un trône tout divin et se lève et reluit,
Anéanti, plongé dans une fange immonde,
Je roulais sans espoir dans le gouffre qui gronde,
Et vainqueur, me dressant de l'abîme profond,
Jusqu'au septième ciel je vais porter mon front ;
Monté sur l'échafaud que je prenais pour trône,
Moi-même sous mes pieds rejetant ma couronne,

De mon poignard sanglant je creusais mon tombeau,
Et devenais hélas mon juge et mon bourreau !
Et maintenant monté sur le pavois céleste,
Et brisant l'instrument de ma rage funeste,
Je place sur mon sein la croix du redempteur,
Je relève la tête et deviens mon sauveur;
J'entendais aux enfers mille voix sépulcrales
Qui remplissaient d'horreur leurs voûtes infernales,
Et j'entends dans les cieux que m'ouvre un doux rayon,
Les sons harmonieux des harpes de Sion ;
Contre tout, l'anathème échappait de ma bouche,
Je voulais tout livrer à ma rage farouche,
Je voudrais maintenant par un juste retour
Emplir le monde entier de mon immense amour ;
Je voyais des parens, les auteurs de ma vie,
Repousser justement ma memoire flétrie,
Et, détournant les yeux d'un fils si criminel,
Lui refuser hélas le pardon paternel,
Et brulant d'un transport impossible à décrire
Je les vois, partageant mon céleste délire,
M'ouvrir leurs tendres bras, me presser sur leurs cœurs,
Me bénir, me couvrir de baisers et de pleurs

Et m'inondant enfin d'amour et d'espérance,
Une seconde fois me donner l'existence ;
Oui, tout ce que j'ai vu sous d'horribles couleurs
Se retrace à travers des prismes enchanteurs ;
Oui, je vois des amis, des femmes, doux génies,
M'enivrer de faveurs, de graces infinies ;
Oui, par un saint effet de l'amour immortel,
Mon enfer ténébreux se change en un pur ciel,
Oui, dans mon cœur, mes sens, pleins d'une sainte extase,
L'univers tout entier en amour s'extravase ;
Oui tout mon être est plein du plus céleste feu ;
J'étais Satan enfin, maintenant je suis Dieu!
O vous faibles mortels à qui le *suicide*
Vient offrir chaque jour, dans sa rage homicide,
Des cordes, des poignards, des feux et des poisons,
Ecoutez et suivez les utiles leçons,
Les préceptes sacrés que le Dieu qui m'éclaire,
Que la société, que la nature entière
Me dictent en ce jour de peine et de bonheur,
Et vous pourrez du monstre arrêter la fureur :
Apprenez tous d'abord, qu'ici bas, l'existence
Qu'a voulu vous donner l'auguste providence

6

Dure ou douce, n'est point votre propriété,
Mais bien celle de Dieu, de la Société,
Que vous n'avez sur elle un droit de libre arbitre
Que pour faire le bien, l'illustrer, qu'à ce titre
Nul ne peut en priver ni son Dieu ni l'État
Sans être convaincu de vol, d'assassinat,
Sans mériter le feu de l'infernal empire,
Et dans ce monde-ci le mépris qu'il inspire.
Le destin vous opprime à ses pieds abattus,
Et bien! sachez le vaincre, à force de vertus;
Et pour vous procurer des armes infaillibles
Qui dans tous les combats vous rendront invincibles,
Qui sauront assurer un triomphe enivrant,
Aux mortels de tout sexe et tout âge et tout rang :
Bannissez de vos cœurs la pâle indifférence,
Qui laisse tout languir, succomber sans défense,
Qui voit d'un œil égal le naufrage et le port
Et sommeille surtout du sommeil de la mort;
Etouffez par la foi le souffle impur du doute
Qui sans cesse nous fait chanceler dans la route;
Croyez, hors de la foi tout n'est que fausseté,
Croyez, dans la foi seule, est toute vérité..

Et comment nier Dieu quand la nature entière,
Nous aveugle des flots de sa sainte lumière
Quand la terre et les cieux, pleins de sa majesté,
Sont les rayons vivants de la divinité,
Quand tout dans l'univers respire son essence,
Et que la voix qui nie, affirme sa présence,
Laisse toi donc guider, ô méchant! par la foi,
Et sois de ton grand Dieu la seule juste loi.

Etouffez dans vos cœurs les serpens de l'envie,
L'amour-propre effréné, l'affreuse jalousie
Qui savent arrêter les plus nobles élans
Et conduire au tombeau les plus rares talens.

Soumettez à vos lois, cette fougueuse reine
Dont rien ne peut jamais limiter le domaine,
La fière ambition dont ni larmes, ni sang,
Ne sauraient arrêter le transport frémissant,
Qui, pût-elle asservir à son pouvoir suprême
Le monde tout entier, le destin, Dieu lui-même,
Ne saurait borner là ses rêves insensés,
Qui ne consent jamais à dire : « C'est assez, »
A moins que l'univers en la brisant ne tombe,
Pour immortaliser le néant de la tombe.

Reprimez ces transports de fausse liberté.
Fléaux de tous pouvoirs et de l'humanité.
  Restreignez vos désirs à ce qui peut suffire,
L'on n'a jamais assez quand toujours on désire,
Le riche qui demande est un nécessiteux,
Et le pauvre qui donne est un Crésus heureux.
  Si l'invincible *amour*, d'une essence divine,
Vient agiter vos cœurs que le charme domine,
N'approchez les autels de ce Dieu créateur
Que toujours embrâsés d'une chaste ferveur;
Comme le vrai chrétien qui vers la table sainte
Vient recevoir son Dieu dont son âme est emprcinte,
N'est jamais enivré que de divins élans,
Sans ressentir jamais de transports déchirants,
Ce vertige infernal qui constamment assiége
L'impur communiant, le Judas sacrilége,
Oui pénétrez toujours dans le temple du Dieu,
Avec un cœur rempli de son plus chaste feu,
Et vous n'éprouverez que le charme sublime
Qui soumet la matière à l'esprit qui l'anime,
Et vous n'éprouverez que ce divin transport,
Principe de la vie et non pas de la mort,

Oh non, non, saint amour, tu ne viens pas détruire
Celui qui reconnait ton bienfesant empire,
Qui fait en ton honneur brûler un pur encens
Te rend un culte exempt de tous vils mouvemens,
Non, non il n'est pas vrai, rayon du Dieu le pére,
Que tu fasses la nuit en créant la lumière ;
Non, non il n'est pas vrai que ton divin flambeau
En allumant la vie éclaire le tombeau;
Et tu ne veux punir du plus juste supplice
Que ceux qui de tes droits méprisent la justice,
Qui t'offrent sans rougir un culte plein d'horreurs
Et sont de tes autels les vils profanateurs;
Mais tous ceux qui sauront entendre ton langage
Ne point t'assimiler au vil libertinage ;
Oui ceux-là constamment pleins de ta volupté,
Gouteront les doux fruits de la félicité;
Vous surtout, faibles cœurs, candides jeunes filles,
Vous, la fleur, l'ornement et l'espoir des familles,
Dont on voit chaque jour des essaims malheureux
S'envoler de la vie au séjour ténébreux,
L'amour en reveillant ses innocentes flammes
Vient-il, en doux tyran s'emparer de vos ames,

Vient-il au jeune objet de vos folles ardeurs,
Promettre une union par des chaines de fleurs,
Et lorsque, transportés de la plus douce ivresse,
Vos cœurs pensent presser l'objet de leur tendresse,
La mort ou l'abandon d'un suborneur amant
Vient-il changer en pleurs votre ravissement,
Si vous voulez pouvoir refermer la blessure,
Oui, ne brûlez jamais que d'une flamme pure,
Ayez soin que jamais la débauche sans cœur
Ne vienne de l'amour infecter la douceur,
Et loin de vous jeter par un cruel supplice
Au lâche suborneur qui rit du sacrifice,
Vivez pour vous venger par votre aspect glaçant
Qui sera du perfide un remords incessant.
D'une ame généreuse et saintement éprise,
Sachez continuer une noble entreprise,
Marchez le front levé, généreux assaillants,
Sachez braver la faim et la pluie et les vents,
Gravissez les rochers sans que la peur vous gagne,
Et vous arriverez au haut de la montagne,
Oui, la persévérance est l'ancre de salut,
Et qui veut, persévère, atteint toujours le but;

L'inconstance au contraire, éteint toujours dans l'ame
De tout rayon naissant la vacillante flamme,
Malgré tous nos efforts nous égare en chemin,
Et n'offre que la tombe à l'errant pélerin.
Et ne venez point dire, assaillants sans courage,
Que sur vos faibles fronts pèse un joug d'esclavage,
Et que, tyrans sans frein, de viles passions
Vous forcent à céder à leurs éruptions,
Quand vous avez en vous la force souveraine,
La *Volonté*, puissante, intelligente reine,
Qui seule en liberté lève son front d'airain,
Que ne peut sur son trône atteindre le destin,
Que ne peut, sans jeter confondus dans le gouffre
Le vice qui triomphe et la vertu qui souffre,
Contrôler ici bas, même le roi des cieux,
Et qui peut tout enfin, quand elle a dit : Je veux.
O vous, grands criminels, gémissants dans l'abîme,
Ne vous immolez pas, quelque soit votre crime,
Si le remords sur vous passe son fer brûlant,
Bientot apparaîtra le pardon consolant,
Devant le repentir toute tache s'efface,
Et l'homme devant Dieu peut toujours trouver grâce,

Car tous les flots amers de la méchanceté
Se perdent dans les flots de sa vaste bonté,
Et jamais la grandeur des crimes de la terre,
N'égale la grandeur de sa bonté de père ;
Gardez-vous d'irriter le remords dans sa rage
Car il redoublerait son terrible ravage
Pour appaiser sa faim et calmer son courroux,
Courbez-vous devant lui, tombez à deux genoux,
Apportez-lui la foi, le bien, la pénitence,
C'est la seule vertu qui calme la vengeance
De ce juste tyran plus fort que tous les rois,
Et dont nul criminel ne peut braver les lois;
Votre sang repandu par vous sur vos victimes,
Loin de vous en laver, agrandirait vos crimes ;
Qnoiqu'on ait tout perdu, quoiqu'on n'ait plus d'espoir
La mort est un opprobre et la vie un devoir,
Car l'homme peut toujours être utile sur terre,
Par ses dons, ses travaux, au moins par sa prière.
Par vos bienfaits présens lavez votre passé,
Que le mal par le bien soit toujours effacé ;
N'accusez pas le ciel du mal qui nous accable,
Quand nous ne le devons qu'à notre esprit coupable;

Oui c'est nous qui donnons des armes au malheur,
Seuls, nos crimes constants nourrissent sa fureur,
C'est nous qui détruisons les dons que la nature
Prodigue à ses enfans avec juste mesure,
Qui versons dans nos cœurs le fiel et le poison
Et brisons le pouvoir souvent de la raison,
Dont l'empire croulant alors sous l'infamie,
Est frappé, disputé, conquis par la folie ;
Dans nos biens, dans nos maux, l'éternel n'est pour rien
Car il ne serait plus ni de mal ni de bien,
Si de Dieu nous guidaient les volontés divines,
Et nous ne serions plus que de tristes machines.
Sachez bien qu'ici bas, tout est perte et douleur,
Et vous pourrez du mal mieux braver la rigueur.
Quand on est prévenu, l'on se met en défense,
Savoir prévoir le mal c'est le vaincre d'avance.
Ne laissez point entrer dans vos cœurs ulcérés
L'esprit de la vengeance aux traits trop acérés,
Plutôt que d'assouvir la vengeance trop prompte,
Buvez jusqu'à la lie et l'opprobre et la honte,
Comme l'astre éclatant et bienfaisant des cieux,
Avec profusion, de son trône pompeux,

Répand sur les mortels des torrens de lumière,
Tandis que contre lui blasphême leur colère,
Sachez, hommes de foi, pleins de nobles penchans,
Tandis que contre vous conspirent les méchants,
Vous plaçant audessus des haines, des vengeances,
Par des traits de vertu repousser leurs offenses,
Et quand leur voile épais cache la vérité,
Les aveugler des flots de sa vive clarté.
Fuyez du jeu honteux les repaires infâmes,
Où viennent s'engloutir vos trésors et vos ames,
Où le noir *Suicide* avec un sûr poignard
De la roue en riant dirige le hasard ;
Fuyez avec ardeur ces bourbiers littéraires
Des ames et des cœurs foyers incendiaires,
Où, de nos jours surtout, d'homicides auteurs
Font gloire de prôner, dans des styles flatteurs,
Le vol, l'assassinat, l'adultère et l'inceste,
Le mépris de la vie et du courroux céleste,
Source infecte où, d'abord, de jeunes passions
Viennent boire à longs traits de doucereux poisons.
Repertoire où le crime avec intelligence
Va méditer l'état de sa jurisprudence,

Arsenal où bientôt, levant ses étendarts,
Il prendra des poisons, des marteaux, des poignards
Dont il immolera, sourd aux cris, aux prières,
Des femmes, des enfans, des époux et des mères,
Pour voir livrer après, sa tête à l'échafaud,
Ou se percer les flancs, du poignard encor chaud.
Fuyez, fuyez, surtout la hideuse *paresse,*
La paresse, démon qui nous guettant sans cesse
Nous retient au grabat quand il faut se lever,
Nous arrête en chemin quand il faut l'achever,
Qui sait rendre dès-lors toute entreprise vaine,
Produit l'abattement, le mépris et la haine,
Enfante la misère et ses sales haillons,
Et lui fait susciter d'âpres rebellions;
Qui d'un homme puissant fait un hère inutile,
Et d'un esprit fécond un esprit imbécile,
Nous force à négliger les plus sacrés devoirs,
Et nous fait attenter aux lois de tous pouvoirs,
Oui c'est elle qu'on voit se vautrer dans la boue,
Quand la vapeur du vin l'emplit et la secoue,
C'est elle que l'on voit fréquenter les brelans,
Et les lieux de débauche aux si cruels présens,

C'est elle que l'on voit à Sainte-Pélagie,
Ainsi qu'à Charenton, antre de la folie,
Ainsi qu'aux *monts-pieux* où ses débordemens
Lui font souvent jeter ses derniers vêtemens,
C'est elle que l'on voit, de l'âpre mort suivie,
Nous demander partout et la bourse et la vie,
Et, se cachant dans l'ombre, à l'œil louche et hagard,
Nous plonger dans le sein l'homicide poignard.
C'est la paresse enfin qu'on voit, par ses maximes,
Saper toutes vertus, conduire à tous les crimes,
Et nous pouvons poser un proverbe moral :
L'esprit qui ne fait rien travaille pour le mal.
Suivez dans son ardeur cette race royale,
Que distingue surtout la vertu martiale,
Car la patrie a vu ses petits-fils de rois,
A peine à leurs vingt ans, aller dicter nos lois,
De Joinville, aux tributs rebelles du Mexique,
De Nemours par deux fois, aux barbares d'Afrique,
D'Orléans, en Hollande, aux révoltés d'Anvers,
Et de nouveau naguère, aux Arabes pervers,
Exposant vaillamment leur royale existence,
Lorsque moins envieux de l'honneur de la France,

Ils pouvaient, préférant d'inutiles loisirs,
Epuiser, sans péril, la coupe des plaisirs;
Oui, la patrie a vu, versant des pleurs de mère,
Ces fils se disputer la gloire la plus chère,
De défendre ses droits, sa grave majesté,
Son honneur outragé, sa sainte liberté;
Elle t'a vu, Joinville, admirant ton courage,
Entreprendre naguère un saint pélerinage
Pour aller receuillir, bravant les flots, le feu,
Le néant immortel du plus grand demi-Dieu,
Tout prêt à t'engloutir, par un trait héroïque,
Plutôt que d'aborder sans ta noble relique,
Plutôt que de revoir, couvert d'un double deuil,
La France dont ce fils est la gloire et l'orgueil.
Elle t'a vu d'Aumale, au sortir du collége,
Auprès de tes aînés briguer le privilége,
De suivre nos guerriers sur les bords africains,
Où de tant de héros grandissent les destins,
Et t'élançant joyeux sur les champs de bataille,
Ainsi qu'un jeu de paume affronter la mitraille;
De tes dignes soldats par l'âge le dernier,
Toujours par la valeur te montrer le premier;

Puis, le front couronné d'une palme immortelle,
Revenir parmi nous, volant tous pleins de zèle,
Pour saluer en chœur son plus jeune héros,
Dont Satan, pour jamais, consacre les travaux,
En baptisant du feu de sa rage infernale,
Presqu'au banquet royal ta marche triomphale.
Elle vous a tous vus, ô princes! dont le cœur
Fut dans un arsenal trempé par la valeur,
Par les riches exploits de vos jeunes épées,
Nous léguer les sujets de vastes épopées,
Et nous apprendre à tous par des faits éclatants,
Qui déjà vous ont faits vieux guerriers à vingt ans,
Qui vous ont mérité l'honneur du régicide,
Avant d'avoir touché le trône qu'il lapide;
Et qui forcent la gloire à bénir chaque jour
Des fils qu'avant le tems fait naître son amour.
Que, quelque soit son rang, nul homme dans la vie
Ne peut se dispenser de servir sa patrie,
Ne peut se dispenser d'un juste et saint labeur,
S'il prétend acquérir la fortune et l'honneur;
Oui, si contre nous seuls, tous les rois de la terre
Si préparaient encore à rallumer la guerre,

Nous trouverions en vous, famille de héros,
D'intrépides soldats, de savants généraux,
Pour commander, combattre, et mourir à la tête
De nos preux bataillons, volant à la conquête.
O toi, du sein de qui le Dieu des nations
Fait jaillir l'existence en de vivans rayons,
O femme, sais tu-bien quelle est ta destinée,
Sais-tu pourquoi la vie ici te fut donnée,
Sais-tu pourquoi ton Dieu t'accorda ces doux traits,
Ces membres délicats, ces grâces, ces attraits,
Ce cœur, qui de l'amour est le céleste vase
Et dont le doux parfum nous enivre d'extase ?
Sais-tu pourquoi ce Dieu voulut te dispenser,
Des pénibles travaux qui pourraient t'oppresser,
Tandis que l'homme seul, plus fort et plus austère
En supporte le poids tout entier sur la terre ?
Ah! c'est pour te donner un ministère saint,
C'est pour te confier le flambeau qui s'éteint,
C'est pour te confier comme aux vierges vestales,
La garde du feu pur aux essences vitales,
Pour te faire animer par mille voluptés
Les flambeaux de la vie aux sublimes clartés,

En arrosant le cœur où sa sève est empreinte
Des flots d'un chaste amour qui sont son huile sainte,
C'est pour être le jour de notre sombre nuit,
Ranimer le rayon du bonheur qui s'enfuit,
C'est pour être toujours, à leur culte fidèle,
De toutes les vertus le plus parfait modèle;
Sache donc accomplir ta sainte mission
O femme! doux esprit de la création;
Loin de couvrir le jour d'un voile funéraire,
Sache donc dans la nuit apporter la lumière
Ou vierge, épouse, ou mère, avec un doux transport
Sache donc redonner la vie à l'arbre mort,
Et cessant de te plaindre auprès du divin maître,
De t'avoir pour souffrir sans pitié donné l'être,
Et de sacrifier par un honteux forfait,
Ce que jamais son souffle a fait de plus parfait,
Va, remplissant le but pour lequel tu fus faite
De nos fronts menacés écarter la tempête,
Va, semant en tous lieux tes sublimes vertus
Redonner l'existence aux mortels abattus,
Va, répandant, partout le charme qui t'inonde,
Pour un nouvel amour, créer un nouveau monde,

Va nous confondre tous enfin dans l'unité
Dont l'amour de la femme est le jour enchanté,
Et deviens pour ce monde un Sauveur, un Messie,
Qui sait vivifier la source de la vie,
En en fesant sortir la discorde et l'erreur,
Qui toujours en seront le poison corrupteur.
Savez-vous tous, mortels, dans le monde où nous sommes
Quels sont les saints devoirs que Dieu prescrit aux hommes?
Pensez-vous que sans but ses décrets éternels,
Sous le dôme des cieux aient jeté les mortels,
Pour avoir le cœur sec de tout patriotisme,
Pour vivre et pour mourir guidés par l'égoïsme,
Être impur, qui partout vit et règne aujourd'hui,
Car chacun pour son Dieu ne reconnaît que lui!
Chez les grands, les petits, aux villes, aux chaumières,
Partout il a planté ses impures bannières,
Que, faute du secours de ce démon ingrat,
Périsse le pays sous le coup qui l'abat;
Que quêtant une aumône, un citoyen, un frère,
Mourant, tombe à ses pieds de froid et de misère,
L'égoïsme sans cœur, dira, sans nul émoi :
Que m'importe, je vis et c'est assez pour moi!

C'est lui qui fait agir les bras d'un télégraphe,
Qand il faut qu'aux deux bouts une bourse s'agraffe,
C'est lui qui, sous les yeux même du Christ vengeur,
Vend, livre la justice au plus enchérisseur,
C'est lui qui met son vote en l'urne électorale,
Qui parle, se parjure à la tribune orale,
Qui dicte le mensonge aux faiseurs de journaux
Qui chante au temple saint, érige des tombeaux,
Fait la hausse ou la baisse, et par des coups sinistres,
Grandit sur le veau d'or certains petits ministres,
Et ne s'arrête enfin que quand visant trop haut
Sa tête dans son vol, s'accroche à l'échafaud ;
Oui, dans ce monde, hélas! en actes, en paroles,
L'égoïsme sans cœur dicte et fait tous les rôles ;
Ah ! l'homme fut créé pour les siens et son Dieu
Et, comme tout se doit secours en ce bas lieu,
Que chacun doit montrer la route qu'il faut suivre,
Qui ne vit que pour soi, n'est pas digne de vivre :
Donnez donc à vos cœurs un élan libéral,
Et recherchez toujours l'intérêt général,
Sachez vous pénétrer d'amour pour vos semblables,
Et vous n'aurez jamais les désirs exécrables

De commettre sur vous le plus lâche forfait,
Crainte de les priver d'un généreux bienfait.
La misère en haillons, mais que l'honneur escorte,
Vient-elle en suppliant frapper à votre porte,
Levez-vous, levez-vous, d'un esprit bienveillant,
Offrez-lui place à table, au foyer pétillant,
Pour donner la chaleur, la vie et l'allégresse,
A ce cœur abattu par la faim, la tristesse,
Afin de mériter par cette humble action,
Du pauvre soulagé, la bénédiction.
La patrie en danger d'une voix haute et fière,
Vient-elle vous crier : « Secourez votre mère : »
A ces mots, oubliant vos chagrins, vos fureurs,
Levez-vous ! et du glaive armez vos bras vengeurs.
Gloire, gloire au mortel, à ce soldat chrétien
Qui du creuset du mal, fait rejaillir le bien,
Et qui sait que pour lui plus le mal est extrême
Plus il va se grandir d'une gloire suprême,
Qui debout sur la brèche et bravant le trépas,
Lui dit : Frappe, je meurs, mais je ne me rends pas ;
Gloire à ce sourd-muet que la vertu console,
Des pertes de l'ouïe, et la douce parole,

Gloire à ce digne aveugle à qui la cécité
Des purs rayons du jour dérobe la clarté,
Dont les regards éteints, quoiqu'ils lancent encore,
Ces éclairs que son âme ardente fait éclore,
Ne peuvent plus revoir ces femmes, ces amis,
Qu'aux lois de l'amitié son grand cœur a soumis,
Oui, gloire à ce mortel, dis-je, à qui la nature,
En lui fesant subir la peine la plus dure,
Semble plus qu'à tout autre avoir donné le droit
De finir des tourmens que tout beau jour accroît,
Si jamais à quelqu'un la plus triste existence,
Avait pu conférer cette lâche licence,
Mais qui sait déchirer le voile ténébreux
Qu'a posé sur son front le destin rigoureux,
Sait dompter le trépas pour conserver leur lustre,
A son nom, à celui d'une famille illustre,
Et qui trouve un plaisir au sein de la douleur,
En procurant à tous, les palmes du bonheur,
En donnant aux souffrants sa bourse et son sourire,
Oubliant par le leur lui-même son martyre,
Et qui peut nous redire avec un juste orgueil,
A nous, voyant des yeux mais heurtant à l'écueil :

Je vois plus clair que vous au bord des précipices,
J'y suis plus grand que vous, car tandisque vos vices,
Jettent l'obscurité dans un beau jour qui luit,
Moi je fais la lumière et la prends à ma nuit.
Gloire encor au mortel qui, toujours ferme et sage
Pour avoir du martyr le plus bel héritage,
Lorsque d'un fer mortel le frappe l'ennemi
Met le fer au fourreau, donne un pardon ami,
Et dit au forcené dont la main l'assassine :
Frappe sans t'émouvoir, car voilà ma poitrine,
En jurant par l'enfer, ta haine me maudit,
En priant par le ciel, mon amour te bénit.
Voilà ce que du ciel prescrivent les maximes,
A tout cœur qui prétend à des palmes sublîmes
Voilà votre devoir, votre religion,
Voilà de tout mortel la sainte mission,
Voilà les élémens qui dans toutes les choses
Sauront du suicide anéantir les causes,
Qui du creuset du mal par un sublîme essor,
Feront sortir la fange aussi pure que l'or.
Mais comment, ô mon Dieu! le culte de la *vie*,
Que du noir *suicide* assiège la furie,

Serait-il justement respecté, vénéré,
Serait-il pour le monde un symbole sacré,
Comment, à chaque instant, cette divine reine,
Que ton souffle anima d'une âme souveraine,
Ne verrait-elle pas ses sujets, ses enfans,
Au lieu de l'enivrer et d'amour et d'encens
Chercher à lui ravir le sceptre et la couronne,
Par le fer, le poison, l'immoler sur son trône!
Quand de nos jours surtout, les peuples corrompus,
Foulant tous les devoirs et toutes les vertus,
Enfantent chaque jour mille infâmes apôtres,
Qui bâsant leur salut sur la perte des autres,
Enseignent sans pudeur dans des écrits de sang,
Qu'il est doux, courageux, beau, généreux et grand,
Que c'est offrir au monde un spectacle sublime,
De rejeter la vie et son culte à l'abîme,
Que l'on n'outrage point ni les hommes, ni Dieu,
En fesant de ses droits un funéraire jeu;
Quand nos tréteaux publics ne sont que des écoles,
Où gravant dans leurs cœurs, les actes, les paroles,
Hommes, femmes, enfants, tous peuvent faire un cours
Pour apprendre à savoir bien terminer leurs jours;

Quand, vils profanateurs des plus saintes des choses,
Des français déifient en leurs apothéoses,
Des êtres qui pour fuir un châtiment certain,
Lâchement de frayeur ont tranché leur destin ;
Quand l'éducation, le ton, le savoir vivre,
Que chacun aujourd'hui veut se donner et suivre,
Consistent pour vous tous, parens enflés d'orgueil
Qui ne voulez pas voir les vagues, ni l'écueil,
Pour vous, mères sans foi, vous l'âme des familles,
A conduire, entraîner et vos fils et vos filles,
Au sortir du couvent, du berceau virginal,
Dans les plaisirs mondains du spectacle et du bal,
Où, sondant le terrain, d'abord la flatterie
Fait naître dans leurs cœurs la douce rêverie,
Où, bientôt profitant de ses honteux progrès,
L'art, la séduction, de succès en succès,
Les envelopperont dans leurs filets perfides,
Et les immoleront à leurs jeux homicides;
Pour combattre l'effet des poisons corrosifs
En vain, vous emploierez des remèdes actifs,
Il ne sera plus tems, le tigre ivre de joie
De vos bras pour jamais aura ravi la proie ;

C'est ainsi que par vous, souvent, cruels parens,
Dans l'abîme sans fond sont jetés des enfants,
Et que leur sang versé par la main parricide
Abreuve avec horreur l'autel du suicide;
Quand les gouvernemens pour grossir leurs impôts
Autorisent partout mille ignobles tripots,
Où le *jeu*, compagnon du vice qu'il affame,
Et le plus grand soutien du *suicide* infâme,
Garde fidèlement ses sanglants arsenaux,
Et du sang des perdants rougit ses échafauds.
Quand les gouvernemens autorisent encore,
Pour étancher la soif de l'or, qui les dévore,
Dans toutes nos cités mille lieux corrupteurs
De l'infâme débauche autres empoisonneurs;
Lorsque sans s'exposer au sarcasme, à l'insulte
On ne peut pratiquer ouvertement son culte,
Et qu'aux faibles esprits un faux respect humain
Fait du saint temple alors déserter le chemin;
Lorsque sur tous leurs cœurs et les intelligenc
Vides de tout amour et de saintes croyances,
L'anarchie a jeté ses longs crêpes de deuil
Comme sur un cadavre on jette le linceuil;

Lors qu'en religion, morale, et politiqué,
Aux dépens de l'honneur et de toute logique,
Chacun a son parti qu'il soutient contre tous
En disant toujours *moi* quand il faut dire *nous*;
Quand dès lors, enhardi par un silence impie
Partout le suicide est une épidémie,
Et que dans tous les rangs, par le plus vil mépris
D'une existence à qui l'on ôte tout le prix,
L'homme va s'immoler sans le moindre scrupule,
Pour le fait le moins grave ou le plus ridicule,
Croyant ou non croyant, tout se plonge au cercueil,
Par caprice, par jeu, par ennui, par orgueil,
Par bravade, par ton, pour passe-temps, pour rire,
Pour *taquiner* la mort en brisant son empire;
Oui la vie en ce siècle est un hochet d'enfant
Que l'on croit au hasard jeter en triomphant.
Lisez dans nos journaux les lugubres annales
Et des trépas du jour les histoires fatales,
Partout vous y verrez en traits ensanglantés
Par le jeu le plus vil cent trépas enfantés;
Le *suicide* enfin est l'idole du jour

8

C'est un despote à qui tout va faire sa cour,
A tout âge, à tout sexe il dicte ses maximes,
A tous il fait gouter ses voluptés *sublimes* ;
Le veillard, par respect, sur le seuil du tombeau
De son dernier soupir lui consacre un flambeau,
L'enfant suce en naissant le lait du suicide,
A la mamelle encore hélas il s'homicide ;
Oui, oui, tout lui prodigue et la vie et l'encens
Et sa mode bientôt obtiendra ses Long-champs,
Oui maintenant, qu'en tout l'usage se doit suivre,
Il faut savoir mourir afin de savoir vivre !
Ah! levez-vous enfin, apôtres de la foi,
Philosophes, docteurs, grands prêtres de la loi
Législateurs sacrés, poètes, moralistes,
Des préceptes divins nobles évangélistes,
Levez-vous, levez-vous, ombres des grands héros,
Qui sûrent supporter le poids des plus grands maux,
Levez-vous, peuples saints de notre antique Grèce,
Disciples de Platon, docteurs de la sagesse,
Lève-toi, lève-toi, gloire-Napoléon,
Dont la postérité célébrera le nom,

Moins pour avoir conquis et dominé le monde,
Que pour avoir dompté *l'adversité* profonde,
Dont la main couronnant ta dernière victoire,
Ajouta le rayon qui manquait à ta gloire,
Ainsi que noblement ta bouche l'a redit,
A ceux qui t'engageaient par un conseil maudit
A terminer le cours d'une illustre carrière,
En te couvrant le front toi-même du suaire,
Et jetant au cercueil par un honteux trépas,
La *victoire* trente ans attachée à tes pas,
Toi dont, hier encore, une adoptive terre,
Avec tressaillement, versant des pleurs de mère,
A reçu dans ses bras le néant immortel,
Ainsi qu'un Dieu vivant qui descendrait du ciel,
Moins pour avoir reçu de tes mains triomphantes
Des colonnes, des arcs, des gloires énivrantes,
Moins pour voir à ton char attelés tous les rois,
Que l'aigle avait courbés sous ton glaive et tes lois,
Moins pour voir ce grand char affaissé sous les gloires,
Traîné pompeusement par toutes les victoires,
Que pour y voir encore à ce grand char d'honneur,
Confus, percé de traits, attelé le malheur,

Qu'après cinq ans d'efforts, de luttes, d'agonie,
Sans secours étrangers, seul ton puissant génie,
A su, malgré le feu, le fer, et les poisons,
Malgré tous les géoliers, les lâches trahisons,
Combattre, terrasser, immoler sur l'arêne,
Et foudroyé clouer au roc de Ste-Hélène,
Comme jadis, suivant les récits fabuleux,
Le puissant Jupiter, le monarque des dieux,
Confondant ses projets, sa fureur avortée,
Au rocher du Caucase attacha Prométhée,
Afin que le vautour lui déchirant le cœur,
Apprit qu'un Dieu jamais ne trouve de vainqueur,
Et dont, ô grand héros aux héros si terrible
Le plus sacré triomphe à ton âme invincible,
Quoique le moins flatteur pour un monde bruyant,
Est d'avoir su dompter le malheur foudroyant.

Et vous François premier, et vous grand Charlemagne
De qui l'adversité fut souvent la compagne,
Et toi Louis quatorze, et toi Louis martyr
Qui du trône à la mort sûs marcher sans pâlir,
Levez-vous tous, venez, grands soutiens de la vie
Que des profanateurs assiège la folie,

Vous, qui toujours soumis à ses divines lois,
Avez su respecter et son culte et ses droits,
Armez-vous, il est tems, de vos puissantes armes,
Voyez le *suicide*, excitant les alarmes,
Lancer sur l'univers ses viles légions
Pour dévorer bientôt toutes les nations ;
Entendez les accens de la vie immortelle
Qui pour la protéger à hauts cris vous appelle,
Qui, dans son impuissance à soutenir l'assaut,
Se voit par ses enfans traîner à l'échafaud,
Et qui pour apaiser leur colère farouche,
La parole de Dieu, de l'amour, à la bouche,
Vainement leur répète, éplorée, à genoux,
Pour leur propre salut d'arrêter leur courroux,
Qui vainement leur crie en accents pathétiques
Que tout vient condamner leurs transports frénétiques,
Que loin de conquérir le ciel ou le néant,
Ils vont se préparer un éternel tourment,
Qui vainement leur crie, hélas, qu'elle est leur mère
Qu'ils vont déshonorer dans les cieux et sur terre,
Et qui ne mourant pas, étant fille de Dieu
Et toujours animée à son souffle de feu,

Afin de châtier leurs forfaits parricides,
Va les précipiter dans les gouffres avides,
Où, par le fer, le feu, les cordes, les poisons;
Elle torturera leurs ames de démons,
Qui vainement leur crie en un touchant langage,
Que bientôt elle va dissiper tout nuage,
Apaiser et finir leur peine et leur douleur,
Pour enivrer leurs jours de l'onde du bonheur,
Malgré ses pleurs, ses cris, ses sanglots, sa menace,
Ses enfans reprouvés lui refusent sa grâce;
Volez, soldats sacrés, sous ses nobles drapeaux,
Et marchez fièrement contre ses vils bourreaux,
Etablissez vos camps, et livrez la bataille,
Et tous disparaîtront sous la sainte mitraille,
Punissez de la vie un lâche destructeur,
Arrachez ses sujets à son joug oppresseur,
Allez ne craignez rien, Dieu, la vie, et leurs anges,
Soutiendront vos efforts, guideront vos phalanges,
Et lorsque vous aurez par un sublime élan
Délivré les captifs et frappé le tyran,
Par vos sages conseils, par vos doctes paroles,
A ces esprits douteux, ou pervers, ou frivoles,

Apprenez, apprenez qu'ils ont été trompés,
Que de proscription on les a tous frappés,
Quand on leur a redit dans un langage impie,
Qu'ils pouvaient avec gloire anéantir la vie ;
Quand on leur a montré sans aucune pudeur,
Pour leur faire adopter une coupable erreur,
Pour *noble* sanction d'une impure morale,
Un Hercule, un Ajax, un vil Sardanapale,
La *lupa* Messaline et le tigre Néron,
L'infâme Cléopatre et ce *divin* Caton,
Ce Caton dont pourtant la dramatique épée,
Au parti de César sacrifia Pompée,
Et rendit en tournant sur lui ses propres mains,
Son trépas *inutile au salut des Romains*,
Et qui ne fut dès lors au lieu d'un divin être,
Qu'un lâche, un furieux, un rénégat, un traître ;
Quand on leur a donné pour exemple récent
Des hommes dont toujours l'élément fut le sang,
Jacques-Leroux, Darthé, Babœuf et Robespièrre,
Et des fiers Girondins l'élite presqu'entière,
Quand on leur a montré, dis-je, dans tous les temps
Pour la moralité d'immoraux arguments,

Tout ce que de plus vil ont enfanté la rage,
Le faux patriotisme et le libertinage,
Et le mépris du ciel et de l'humanité,
L'égoïsme, la peur, enfin la lâcheté ;
Quand on a soutenu qu'il est aussi logique,
De briser l'existence et frèle et rachitique,
Qu'il l'est de rejeter un impur vêtement,
Ou de fuir la fumée en un appartement,
Ou de couper le bras rongé par la gangrène
Et qu'il n'importe pas à l'harmonie humaine
Qu'un mortel ici-bas soit de moins ou de plus,
Ou qu'on peut rendre à Dieu ce qui ne nous plaît plus
Ou bien que c'est un droit qu'on tient de la nature,
Qu'on est libre ou qu'on rend à Dieu l'âme plus pure ;
Dites-leur, dites-leur, et toujours et partout,
Qu'immoler une *vie* à qui nous devons tout
C'est forfaire à l'honneur, sacrifier sa mère,
Et blesser tous les droits du ciel et de la terre,
Et la religion et la Société,
Les droits de la raison et de l'humanité,
La liberté, la foi, le devoir, le courage
Qui sait, sans s'ébranler, lutter contre l'orage,

C'est offenser son Dieu, car il ne permet pas,
Que sans son ordre exprès soit donné le trépas,
L'homme ne tuera point dit son livre d'airain ;
C'est offenser aussi tout son culte divin,
Ou sa religion qui de divine essence,
Et fille de ce Dieu fait la même défense;
C'est attaquer les droits de la Société,
Car, elle n'est pour nous qu'une communauté,
A qui chaque mortel doit ses biens, sa personne,
Et qui ne permet pas que quelqu'un l'abandonne
Sans flétrir justement le perfide larron,
De la chaîne commune emportant un chaînon;
C'est attaquer aussi la raison qui commande
De raffermir nos cœurs quand leur bien le demande,
C'est offenser encor avec non moins d'horreur,
La sainte humanité, culte de tout grand cœur,
Car le suicidé, par son forfait impie,
Va lui ravir un membre en terminant sa vie,
Et par son lâche exemple, armant mille autres bras,
Va les porter peut-être à des assassinats,
Car nous respectons peu l'existence des autres,
Quand nous osons, sans frein, anéantir les nôtres;

C'est offenser encor la juste liberté,
Dont sans doute le droit est aussi limité,
Et lui donner celui de briser l'existence,
Ce serait lui donner la plus grande licence;
C'est outrager encor la fermeté du cœur,
Le courage qui sait affronter le malheur;
Pour préserver le corps on coupe un bras en flamme
Et bien coupez le vice afin de sauver l'âme :
Dites-leur, dites-leur qu'ils voudraient vainement,
Pour nous faire excuser un trépas infamant,
Soutenir qu'ils sont tous guidés par la folie,
Au moment de briser le sceptre de la vie;
Dites-leur qu'ils sont tous maîtres de leur raison,
Les vils suicidés, pendant leur trahison,
Que la Société, Dieu, que leur crime offense
Ne leur délivrent pas ce cachet de démence,
Ne leur délivrent pas ces tristes passe-ports,
Pour qu'ils puissent passer au royaume des morts,
Ce que fait, néamoins, bien souvent un vain monde;
Qui légitime ainsi, le forfait, le seconde,
En leur disant à tous qu'ils sont aliénés,
Dès que dans leurs cerveaux leurs projets sont germés

Et dès lors ne sauraient jamais être coupables,
Car quels actes de fous ne sont point excusables
Et leur fesant donner ces prétextes cruels,
Plutôt que de passer pour lâches, criminels;
Dites-leur, qu'ils sont tous des assassins, des lâches,
Méritant des bourreaux les infamantes haches,
Et vous préviendrez mieux des actes forcenés
Par toutes les vertus à jamais condamnés;
Dites-leur justement que le plus beau spectacle
Que puisse offrir un homme affrontant tout obstacle
Ce n'est point de s'enfuir devant l'adversité,
En brisant l'existence avec férocité,
Ce que peut accomplir l'homme le plus vulgaire
Et le moins courageux et le plus sanguinaire,
Mais de savoir, chargé de mépris et de fers,
Supporter sans pâlir les plus fameux revers,
Enchaîner les torrens des passions humaines,
Planer toujours aux cieux comme dans ses domaines,
Du temple s'écroulant secouer les débris,
Sans fatiguer le ciel de ses pleurs, de ses cris,
Et comme un autre Atlas, sur ses fortes épaules
D'un monde de malheurs supporter les lourds môles,

Et quand la foudre en feu rompt tout avec fracas,
Lever un front superbe au milieu des éclats,
Et quand tout l'univers croule sur ses machines,
Aller tranquillement s'asseoir sur les ruines;
Que voilà les héros dignes d'ovations,
Et de l'apothéose et des saints Panthéons,
Et les grands demi-Dieux que l'univers contemple
Et que l'on peut offrir pour un sublime exemple,
Et devant qui se lève avec un saint respect,
L'humanité qu'honore un si touchant aspect;
Dites-leur que la *mort* les repousse à jamais
Et ne les guide point au séjour de la paix,
Car tout couverts du sang qu'ils viennent de répandre
Elle se trouverait honteuse de les prendre;
Ne daignant accepter pour ses fils, tout au plus,
Que ces vaillants Coclès et ces fiers Régulus,
Qui se sacrifiaient pourtant à leur patrie
Sans vouloir insulter au culte de la vie,
Sans vouloir outrager les dieux qu'ils adoraient,
Et pour l'honneur desquels ils se sacrifiaient,
Et qui, même en courant au devant du supplice,
Sans consommer sur eux le triste sacrifice,

Et sans tremper leurs mains eux-mêmes, dans leur sang
N'étaient pas le butin du tigre frémissant,
Mais bien des grands martyrs de leur foi, leur parole,
Et pour qui le pays était la sainte idole,
Dont l'amour soutenait, dirigeait leurs efforts,
Et d'immortels lauriers couronnait leurs transports.
Et se sacrifier non pour soi mais les autres,
Comme jadis pour Dieu s'immolaient les apôtres,
Bien loin de profaner ses autels bienfesants
C'est offrir à la *vie* un plus sublime encens.
On peut pour ranimer un pays qui succombe,
Sans s'y plonger soi-même, affronter une tombe,
Autrement il faudrait avouer tristement
Qu'on ne pourra jamais montrer nul dévouement,
Affronter nul trépas sans être suicide,
Conséquence fatale au courage timide.
Oui, volez, prêtres saints, pleins de l'esprit sacré,
Dont le cœur pour le bien est toujours inspiré,
Parcourez l'univers de l'un à l'autre pôle
Allez le ranimer par la sainte parole;
Des climats, de la mort, affrontant la rigueur,
Confondez de la vie un vil profanateur,

De la fille de Dieu, déployant la bannière,
Dans la nuit ténébreuse apportez la lumière;
De la vie immortelle invoquant les vertus,
Relevez pour jamais ses autels abattus,
Que son culte épuré s'élève sur le monde,
Et répande en tous lieux sa doctrine féconde;
Alors s'affermiront les institutions,
Dont le relâchement brisait les nations,
Alors dans tous les cœurs renaîtra la foi sainte,
Par le souffle du doute inanimée, éteinte,
Alors naîtront l'amour et la fraternité,
Alors sera sauvée enfin l'humanité.

Oui, je le reconnais, et l'avoue à ma honte
Jamais dans mon esprit qui vers son Dieu remonte
N'eut germé le désir, le projet inhumain,
De plonger dans mon cœur le poignard assassin,
Si la céleste foi qui maintenant m'anime
M'eut toujours éclairé de sa flamme sublime,
Ou si, même doutant de la divinité,
Refusant ma croyance à l'immortalité,
Mon cœur sétait rempli d'un pur patriotisme,
Eut étouffé la voix de l'impur égoïsme,

Si j'avais bien compris qu'au monde quelqu'il soit,
Chaque homme tout entier appartient et se doit
Ou si la peur encor de souffrir davantage
En vivant, n'eût brisé mon débile courage,
Ou bien si subjuguant de viles passions
J'avais su maîtriser toutes mes actions,
Ou bien, si, corrompu par la lecture sombre
De livres pleins du sang des victimes sans nombre,
Et guidé par l'exemple entrainant par ses flots,
Je n'avais pas cru faire un acte de héros;
Oui, j'ose l'avouer quelle qu'en soit la tache,
J'étais un renégat, un égoïste, un lâche,
Et j'avais mérité, sans doute, les mépris
Qu'on avait pour mes maux et mes pleurs et mes cris,
Non, n'ayant fait nul bien je ne pus rien prétendre,
Non, n'ayant rien prêté l'on ne dut rien me rendre,
Et malgré le remords qui me tord constamment,
Je le sens, je mérite un juste chatiment :
Frappez, mon Dieu, frappez le soldat réfractaire
Qui vient de s'attirer votre sainte colère,
Car il a transgressé votre ordre bienfaiteur,
Car il a déserté son haut poste d'honneur,

Car, bien loin d'affronter vaillamment la mitraille,
Il a, tout effrayé, refusé la bataille;
Le rang qu'il occupait n'a point été gardé;
Qu'en présence de tous il soit donc dégradé,
De ses premiers travaux qu'il perde le salaire,
Et le dernier de tous rentre dans la carrière;
Que dans le feu toujours il soit au premier rang,
Et dans tous les assauts le premier assaillant,
Pour qu'il puisse bientôt rentrer en votre grâce
En triomphant toujours, ou mourant sur la place,
Oui, mon Dieu! des périls pour mon ame et mon bras,
Des rochers à gravir et d'incessants combats,
Afin qu'en m'immolant s'il le faut à la vie,
Je devienne pour tous un sauveur, un Messie.
D'Elie accordez moi seulement le manteau,
Et faites de la foi luire le pur flambeau,
Et je prétends apprendre au lâche suicide,
Qu'on est toujours vainqueur sous votre sainte égide.
Il faut, répèteront quelques faibles cerveaux,
Et peut-être avec eux des romans, des journaux,
Il faut, pour imposer à sa vie un dur terme
Un courage à l'épreuve, un caractère ferme;

Mais comment adopter cette fatale erreur ?
Avant de consommer son acte plein d'horreur,
N'est-il pas évident que le vil suicide
S'est dit, en se frappant du poignard homicide,
Qu'il voulait prévenir de plus cruels tourmens
Et ces laches calculs, ces faux raisonnemens
Qui viennent aussitôt, frapper l'ame offensée,
Ne détruisent-ils pas toute mâle pensée ?
L'existence est pour nous le trésor le plus grand,
Dit un sophiste prêt à déserter son rang,
Donc pour l'anéantir il faut un haut courage;
Je dirai pour répondre à ce subtil langage :
Oui, si cette existence est un bonheur pour vous,
Si toujours elle luit des rayons les plus doux,
Mais non, lorsque pour vous la vie est une peine
Et que la mort vous est plus douce que sa chaîne,
Car la frapper alors, c'est combler un souhait,
Et c'est un doux plaisir d'immoler ce qu'on hait;
Mais se donner la mort en chérissant la vie
Serait aux yeux de tous sans doute, une folie,
Quoi! je désire vivre et me casse le cou!
Donc, se suicider est d'un lâche ou d'un fou :

Non, fuir dans le tombeau quand gronde la tempête
Ce n'est point triompher, non, c'est battre en retraite;
Quoi! lorsque vous fuyez (selon vous, mécréant,)
Plutôt que de combattre, au stupide néant,
Vous pensez triompher et pendant la poursuite
Vous criez : J'ai vaincu, voyez je prends la fuite!
Et quand plus lâche enfin que tout lâche soldat,
Par la mort pour toujours vous fuyez le combat,
Et que vous entraînez, par votre infâme crime,
Des enfans, une femme, une mère à l'abime,
Vous osez vous vanter d'être un homme de cœur
Et d'avoir mérité de hauts titres d'honneur!
Et quand vous méritez une éternelle honte
Vous voulez jusqu'à Dieu que votre gloire monte!
Vous plaçant au dessus des plus fameux guerriers,
Vous osez reclamer les plus sacrés lauriers!
Ainsi donc, grands héros du plus puissant empire,
Si l'univers entier, qui contre vous conspire,
Fait ruer dans vos champs ses bataillons impurs
Afin de vous plonger dans les fers les plus durs,
Oubliant votre dette inscrite dans l'histoire,
Fesant honteusement banqueroute à la gloire,

Au lieu de repousser leurs efforts assassins,
D'accepter le combat et des lauriers certains,
Fuyez, en entendant le feu de la mitraille,
Désertez *vaillamment* le grand champ de bataille,
Déroulez à l'instant vos longs crêpes de deuil,
Et de vos propres mains plongez-vous au cercueil,
Livrez aux ennemis, vos trésors, vos familles,
Jetez-leur sans pudeur, vos femmes et vos filles,
Immolez-leur enfin, par un infâme jeu,
Votre religion, votre honneur, votre Dieu,
Et pour tant de forfaits, de palmes abattues,
L'on vous fera dresser de splendides statues,
Et vous serez bénis, et la célébrité,
Portera vos grands noms à l'immortalité ! !
Mais c'est de fange, ô ciel ! qu'il faut couvrir vos têtes,
Des haches de bourreaux qu'il faut vous tenir prêtes,
Et tu le sais surtout, toi, grand peuple français,
Qui sur le point d'honneur ne transiges jamais,
Et c'est le châtiment aussi, c'est le supplice
Qu'à de tels apostats prépare ta justice,
Et c'est le châtiment aussi le plus cruel,
Qu'en sa sainte vengeance apprête l'Éternel

A tous ceux qui feront banqueroute à la vie,
Pour frauder la terrestre et divine patrie.
Ah! vaincre c'est savoir supporter le fardeau,
C'est savoir soulever la pierre du tombeau,
Oui, sachez succombant, retenir l'existence,
Qoique vous n'ayez plus de secours, d'espérance,
Sachez vaincre la mort, sous ses pieds abattu,
Et vous pourrez crier justement : J'ai vaincu;
Attendez sans pâlir, fier de son privilège
Cette mort qui n'est point ce trépas sacrilége:
Non le vil *suicide* enfant du desespoir,
Qui sur toutes vertus jette son crèpe noir,
N'est point pour nous la *mort*, cette *mort* bienfesante,
Qui vient à nos chevets comme une tendre amante
Attristée à nos maux qu'elle daigne finir,
Recevoir doucement notre dernier soupir,
Pour diriger notre ame exempte de tous vices,
Vers le banquet divin au séjour des délices,
Et que la seule peur a fait peindre à nos yeux,
Sous les lugubres traits d'un fantôme odieux;
Non l'impur *suicide*, en horreur à lui-même,
Dont la bouche toujours nous lance l'anathême,

Qui ne goûte jamais ni repos, ni sommeil,
S'irrite des rayons bienfesants du soleil,
Qui sur tout ce qui vit dans sa haine implacable,
Rejette constamment sa bave redoutable,
Qui traîne des haillons tout dégoutants de sang,
Portant de tout forfait le tableau menaçant,
Qui, pour mieux nous percer des traits de sa colère
Ainsi qu'un noir serpent se roule sur la terre,
Est un monstre assassin, un infâme oppresseur,
Qui, des droits de la mort superbe usurpateur,
Voudrait la présenter ainsi qu'une tigresse,
Nous laissant sans espoir périr dans la détresse,
Tandis que triomphant, son règne paternel,
Saurait donner au monde un bonheur éternel,
Pour pouvoir de la terre, en sa rage infernale,
A l'enfer triomphant faire une succursale ;
La mort brisant le corps est l'envoyé d'en haut,
Qui délivre à jamais l'ame de son cachot,
Mais ce monstre hideux est le Dieu du carnage,
Qui brise sans pitié cette ame avec sa cage,
La mort est l'ange pur qui réchauffe en son sein
L'ame qu'elle conduit vers le banquet divin,

Le lâche suicide est le tigre farouche,
Qui dévorant cette ame, aux enfers en accouche ;
La douce mort nous guide à l'éternel bonheur ;
Le cruel suicide à l'éternel malheur.
D'une éternelle vie elle est l'auguste mère,
D'un éternel trépas il est l'infâme père :
Oui, sachez tous pour vaincre attendre cette mort
Qui doit vous diriger vers le céleste port.
Le criminel, dit-on, peut s'immoler soi-même,
Non, non, le droit de mort n'est qu'au juge suprême,
Et ma raison refuse à tous juges mortels,
Celui d'y condamner les plus grands criminels,
Chacun devant ici remplir ses destinées
Nul n'a droit d'arrêter le cours de nos années,
Sans laisser impunis des crimes ou des torts,
Laissez-les racheter par de justes remords ;
Non, il n'appartient point aux juges de la terre
De répandre le sang ou d'un fils ou d'un frère,
La *vie* au trône d'or est la fille de Dieu,
Et dès lors, comme lui, sacrée en ce bas lieu.
L'homme ne tuera point dit la sainte écriture,
Sans avoir distiugué si votre forfaiture,

Ou d'un autre ou de vous termine le destin,
Si d'un autre ou de vous vous êtes l'assassin,
Défense qui, sans doute, interdit à tous juges
De conduire à la mort les plus traitres transfuges,
Quand, usurpant les droits de la divinité,
Nous osons cependant sous un glaive irrité,
Souvent de l'innocent faire tomber la tête
Que sans doute le ciel sur la notre rejette ;
Car celui que détruit notre triste courroux
Peut-être aurait été plus vertueux que nous ;
Mais quoiqu'on pût poser que l'humaine justice
Inflige justement un si cruel supplice,
Ah ! n'en concluons pas que, courir au trépas
Qu'on nous eut infligé pour de vils attentats,
C'est soi-même à son crime accorder le salaire,
Car ici l'on se donne une mort volontaire,
Quand là sous un arrêt, on périt forcément,
Et Dieu peut vous punir sans doute justement,
D'une mort qu'il tenait à vous d'empêcher d'être,
Pour un fait qui par vous fut mal jugé peut-être,
Tandis qu'il ne saurait vous punir d'une mort
Que n'a pu nullement prévenir votre effort,

Malheur donc à tout juge ordonnant l'homicide!
Mais, malheur plus terrible au bourreau suicide
Qui ne sait point lutter contre l'adversité,
Quand au terme prochain est l'immortalité.
Oui, ce monde sans doute est un séjour d'épreuve,
Où chacun en passant au fleuve amer s'abreuve,
C'est un champ de bataille où nous sommes soldats,
Où viennent chaque jour nous liver des combats
Les hideux bataillons des misères humaines,
La faim, la maladie, et l'envie et les haines ;
Du doute, sphinx cruel, nul n'y franchit le seuil,
Et notre aveugle esprit partout heurte un écueil,
Et plus, sans la vertu, l'on cherche la lumière,
Plus la nuit s'assombrit sur la faible paupière ;
Eh bien, si, parmi nous, quelqu'un des combattans,
Recule épouvanté, devant ces fiers tyrans,
D'autant plus forts qu'ils sont bien souvent invisibles,
S'il se donne, la mort pour fuir leurs coups terribles,
Qu'en chrétien il devrait parer par ses vertus,
S'il cède même avant qu'il les ait combattus,
Plus traître que celui qui trahit sa patrie,
Ah! que sa lâcheté soit à jamais flétrie,

Dès qu'il nous donnera cet exemple infamant
Par un nouveau trépas fixons son châtiment;
Si bien loin de combattre en un moment d'alarme,
Un soldat du drapeau fuyait, jetait son arme;
Si nos vaillants soldats, d'Austerlistz ou Vagram
Ou, si, naguère encor, les preux de Masagran
Avaient vu l'un des leurs, dans leurs luttes guerrières,
Déserter lâchement leurs superbes bannières,
Ou se suicider pour éviter la mort,
Que terrible pouvait lui réserver le sort,
Ne l'auraient-ils pas tous honni comme une femme,
Ne l'auraient-ils pas tous flétri du nom d'infâme,
Ne l'auraient-ils pas tous cloué sur le poteau,
Fusillé dans sa fuite et jusqu'en son tombeau ?
Flétrissons donc aussi du plus honteux supplice,
Celui qui sous ses pieds foule toute justice;
Car de Dieu, des mortels il a démérité,
Car il a refusé par cette lâcheté,
De placer sur front la plus belle couronne,
Celle que le malheur dont on triomphe donne.
Vous tombez expirant sous l'homicide acier,
Eh bien, nous punirons l'infâme meurtrier,

Qu'entends-je, l'assassin, dites-vous, c'est vous-même?
Et bien ! que sur vous donc retombe l'anathême,
Et recevez nos coups au lieu de notre appui,
Qu'importe que le fer soit de vous ou de lui,
Vous avez lâchement frappé de mort un homme,
Qu'importe que ce soit *vous* ou *lui* qu'on le nomme;
Quoiqu'en chacun de nous cette vie ait un moi,
Elle est *une* et pour tous n'a qu'une seule loi;
Que dans vous ou dans lui l'immole votre haine
Le forfait est égal, mérite même peine...
Que dis-je, il est égal, veut même châtiment :
Plus le sang nous rapproche et plus le crime est grand;
Or, personne de vous n'est plus près que vous même,
Le châtiment doit donc être le plus extrême :
Je ne vois point en vous un proscrit du destin
Qui termine ses jours, je vois un assassin,
Qui vient du Dieu vengeur anéantir l'ouvrage,
A son livre de vie arracher une page,
Briser les saints liens de la Société ;
Et les droits du courage et de l'humanité,
Dieu, la Société, l'honneur et la justice,
La terre avec le ciel demandent son supplice,

Que des meurtriers donc, il subisse le sort,
Que sur l'infâme donc, frappe l'arrêt de mort;
Flétrissons à jamais, de nos saintes colères,
Tous ces vils assassins, renions-les pour frères;
Livrons-les au mépris des hommes et de Dieu,
Et que pour mieux punir leur crime en ce bas lieu,
On promulgue une loi par qui les suicides,
Plus criminels pour nous que les vils parricides,
Auront leurs corps sanglants déchirés en lambeaux,
Traînés dans les cités par de fougueux chevaux;
Et qu'accrochés après sur l'infâme potence,
Les bourreaux, pour combler la publique vengeance,
En les traînant souillés, sur l'ignoble échafaud,
Par le couteau vengeur, de leur tronc encor chaud
Fassent sauter leur tête, aux bravos de la foule,
Maudissant ce vil spectre et le sang qui découle;
Que les restes maudits des cadavres impurs
Soient réjetés après dans des bourbiers obscurs,
Et que sur un poteau, couvrant l'infecte tombe,
Pour que sur eux, sans fin, l'anathême retombe,
Indigné, refusant un seul signe de croix,
Le passant puisse lire et crie à haute voix:

Ci-pourrit, de Satan pâture épouvantable,
Des hommes et de Dieu le rebut exécrable ;
Voilà le chatiment qu'afin de prévenir
De si nombreux forfaits, il faut faire subir
A ces suicidés qui pleins de feux profanes,
Ont voulu devenir de bruyants Orosmanes,
De tendres Faldonis, des Werther, des Saint-preux.
A ces pâles jaloux, ces maigres envieux,
A ces êtres sans foi, ces matérialistes,
Du stupide néant honteux apologistes,
A tous ces faux amis, qui d'un glaive irrité,
Vont de leur sang impur souiller la liberté,
La liberté, grand Dieu, que l'infâme licence,
Transforme en Némésis de haine et de vengeance,
Qu'on abreuve toujours et de fiel et de sang,
Quand elle a soif d'honneur, d'un amour incessant,
A tous ces rénégats enfin que mille crimes
Viennent au suicide immoler en victimes.

Ne dites point, vaincu par des vices honteux,
Que la terre est pour l'homme un enfer ténébreux,
Quand si pour vous la vie est un malheur extrême
Il ne faut l'imputer sans doute qu'à vous-même,

Et qu'en prenant toujours la vertu pour soutien
Il dépendra de vous qu'elle devienne un bien ;
Le malheur vertueux enfante la richesse,
Le bonheur criminel fait seul notre détresse ;
Le juste aime la mort et ne la cherche pas,
Le méchant la redoute et se jette en ses bras,
Chacun de son bonheur peut devenir le maître,
L'on est toujours heureux quand on veut, qu'on sait l'être ;
Il vaut mieux devenir roi de l'adversité,
Que l'esclave énervé de la félicité ;
Et que sont vingt, trente ans des peines les plus fortes
Lorsque l'éternité va nous ouvrir ses portes !
Mais je meurs, dites-vous, et je sens le trépas,
Tant que vous le direz je ne le croirai pas ;
Et d'ailleurs cette vie à son déclin extrême,
Sans vos profanes mains s'éteindra d'elle-même ;
L'homme est un Dieu déchu que son Dieu créateur
Avant de l'appeler au séjour du bonheur,
En daignant l'affranchir de son joug d'esclavage,
Envoya sur la terre en saint pélérinage,
Pour l'accomplissement de ses décrets divins,
Pour concourir au but de ses vastes desseins,

Afin de mériter par ses travaux, ses peines,
Son affranchissement et le bris de ses chaînes;
Attendez donc toujours que son courrier, la mort,
De la cloche funèbre ébraulant le ressort,
Vienne vous appeler à ces banquets augustes
Où pour l'éternité viennent s'asseoir les justes,
Et ne désertez point, quelque soit le péril,
Avant les tems marqués cette terre d'exil;
Jamais au déserteur la porte n'est ouverte
Et Dieu ne reçoit pas la moisson encor verte;
N'observez point la vie avec les yeux des sens,
Mais avec ceux de l'âme aux sublimes accens,
Ne la voyez pas morte en ce séjour funeste,
Mais vivante à jamais dans un Éden céleste,
Et vous ne verrez pas les funèbres vapeurs
Qui viennent obscurcir ses brillantes splendeurs,
Et planant au dessus de la terre où nous sommes,
N'y voyant que des dieux au lieu d'y voir des hommes,
Méprisez du malheur toute la fausseté
Pour voir d'un bonheur saint toute la vérité,
Et vous pourrez marcher dans la débauche immense
Sans y crotter jamais vos robes d'innocence,

Et vous transformerez la matière en esprit
Et non point l'esprit mort en un fangeux produit,
Et tu sauras alors, toi rayonnante femme,
En brûlant constamment d'une céleste flamme,
Orner toujours de fleurs le plus sacré lien
Par qui t'unisse à nous le doux Dieu de l'hymen,
Au lieu d'empoisonner sa coupe d'adultères,
Et changer ses flambeaux en torches funéraires.
Ne dites point encor comme un lâche forban
Pour vous donner le droit de rompre votre ban,
Que la vie est à vous puisque Dieu vous la donne,
Et qu'il vous est permis de briser sa couronne,
Dès qu'elle pèse trop sur votre faible front
Et le courbe, sans frein, dans l'abime profond,
Ou bien, que vous rendez à Dieu l'ame plus pure,
En la fesant sortir d'un cachot de souillure;
Car l'on peut répliquer, sans doute justement,
Afin d'anéantir un honteux argument:
Que Dieu n'a point donné le flambeau qu'il éclaire,
Et ne vous permet point d'éteindre sa lumière;
Que par son feu sacré, l'homme fut animé
Et seul peut disposer de ce qu'il a formé:

Non l'homme n'est pas plus le maitre de lui-même,
Que le flambeau ne l'est de sa lumière blême ;
Et quel présent d'offrir ce qui ne nous plait plus,
Ainsi qu'on jette aux chiens des restes superflus!
Cruel raisonnement, erreur, ô crime étrange!
Vous vous faites démon pour devenir un ange!
Quoi vous souillez la vie en un immonde sang
Et vous croyez lui rendre un éclat ravissant,
Quoi vous la maudissez, la livrez au supplice,
Et vous voulez que Dieu la sauve et la bénisse!
Non maudite par vous ce Dieu la maudira,
Et par vous immolée, oui Dieu l'immolera;
Pour que Dieu la respecte et la benisse et l'aime,
Sachez la respecter, bénir, aimer vous même.
Ah! ne nous dites pas que le ciel vous maudit,
Vous que, même à quêter, la fortune réduit;
Car ce pressant malheur qui n'épargne personne,
Moins que d'autres peut-être encor vous aiguillonne;
Non, non, ne pensez pas que tous ces hauts Seigneurs,
Parcequ'ils sont comblés de trésors et d'honneurs,
Qu'ils ont de beaux palais, des vassaux, des empires,
Et jettent sur vos maux de dédaigneux sourires

Soient plus forts et plus grands et plus heureux que vous
Et puissent du malheur mieux braver le courroux,
Non ne le croyez pas, car ce pauvre peut-être,
A plus de joie au cœur que son tout-puissant maître
Qui viendrait, si l'orgueil ne lui fesait chérir
Un trésor qui souvent le condamne à souffrir,
(De l'orgueil des mortels telle est la loi sévère,
Qu'elle leur fait aimer une riche misère !)
Lui dire : Prends mon or, donne moi tes haillons
Sous lesquels le bonheur semble cacher ses dons,
Prends mes chars, mes coursiers à la riche enveloppe,
Avec qui le malheur toujours roule et galoppe ; »
Car, ce despote, aimant à hanter les châteaux,
A revêtir la pourpre et les riches manteaux,
A faire galopper les coursiers britanniques ,
A s'étendre bercé dans des chars magnifiques,
Aimant à se vautrer sur les duvets moelleux ,
A savourer les mets, les vins délicieux,
Aimant à visiter les princes sur les trônes,
A se ceindre le front des plus belles couronnes,
Va laisser bien souvent les cabanes en paix,
Pour aller assiéger les splendides palais,
Et corrompant la garde et bravant les consignes,
Les titres orgueilleux et les brillans insignes ,

En prenant l'air, le ton d'un courtisan flatteur,
A la table des rois vient s'asseoir en vainqueur,
Et tout en dévorant la pâture royale,
Leur creuse sans pitié la fosse sépulcrale ;
Et sans nommer ici tous les fronts couronnés,
Qu'a frappé le malheur de traits empoisonnés,
Qu'il a dans les cachots torturés sans relâche,
Et qu'il a fait tomber sous la fatale hache,
Quel est celui de nous qui, pendant tout le cours
D'une vie impuissante à briller de beaux jours,
A vu cinq fois sur lui lever des bras perfides,
Afin de l'immoler sous des coups homicides,
De l'émeute vingt fois vu siffler les serpens,
Comme l'a vu ce trône à peine à ses dix ans,
Constamment tourmenté par les flots et la parque ?
Le pire des états est celui de monarque ;
Et combien de ces mots par un sang irrité,
Sont venus cimenter la triste vérité !
Ils sont bien moins que nous tous les grands de ce monde
Quand vient souffler sur eux l'adversité profonde,
En vain ils ont formé des projets merveilleux,
Au moment où germaient leurs rêves orgueilleux,

Le malheur sous ses pieds foule leur front superbe,
Ils sont moins en trois jours que l'insecte sous l'herbe,
Hier c'étaient des dieux, de gloire s'enivrant,
Aujourd'hui ce n'est plus que poussière et néant :
Le malheur soumettant les ames les plus fortes,
Toujours pour pénétrer rencontre quelques portes,
Nul, même le plus juste et le plus vertueux,
Ne peut dire à sa fin : je fus toujours heureux.
Mais le malheur, ce Dieu tout puissant sur la terre
Qui n'écoute ni pleurs, ni faveurs, ni prière,
Qui d'un glaive sanglant toujours hors du fourreau,
Renverse la cabane ainsi que le château,
Et qui malgré leurs forts, leurs gardes tutélaires,
Sait des plus puissans rois faire ses tributaires,
Souvent juste en frappant la pauvre humanité
Est le distributeur de toute égalité ;
Souvent pour nous aussi c'est l'ange de justice,
Qui vient nous avertir, par un juste supplice,
Que nous avons mal fait, et, par ce saint moyen,
Le malheur quelquefois nous initie au bien,
Et nous fait mieux goûter les douceurs ineffables,
D'un bonheur qui jaillit de ses coups charitables ;

Notre bonheur présent dans nos cœurs caressés,
S'accroît du souvenir de nos malheurs passés :
Un bonheur incessant finit par brûler l'ame,
Ainsi que du soleil la trop ardente flamme ;
Après les ouragans le calme est bien plus doux,
On sent mieux la douceur après un grand courroux,
Et comme tout enfin naît toujours du contraire
Le malheur du bonheur est ici bas le père,
Et c'est souvent encor cette aurore bénie,
Entraînant à son char le soleil du génie,
Plus du malheur pressant le courroux est profond,
Plus un puissant génie en exploits est fécond.
Vous nous l'avez appris, grands héros que la France
A vu naitre en nos jours pour sa noble défense,
Vous ses fils les plus chers et dont le souvenir,
Portera son grand nom aux siècles à venir;
Et qui sans les périls seriez restés sans doute,
Dans la fange et l'oubli que tout grand cœur redoute.
Socrate, Homère, Horace, et Corneille et Gilbert,
Et Milton et Rousseau, tous vous avez souffert !
Tous vous fûtes battus, pressés par l'infortune,
Vous lui payâtes tous une dette importune,

Et tous vous occupez les hautes sommités,
Où sans doute jamais vous ne seriez montés,
Si le malheur pressant n'eût attisé la flamme
Quesouvent le bonheur laisse éteindre dans l'ame;
Tous vous avez béni le destin rigoureux,
Qui pour votre bonheur vous rendit malheureux,
Et qui vous a donné par cette loi cruelle,
Dans les siècles futurs une gloire immortelle.
Courage donc, courage, hommes de tous les rangs,
Ne désespérons pas quoique battus des vents;
Les prisons, les cachots, sont les saints tabernacles,
Où le génie en feu rend d'immortels oracles;
Les gardiens, les geôliers, sont les gardes d'honneur
Du génie opprimé par la main du malheur,
Le génie en travail, des mépris qu'on lui donne,
Fait le plus beau fleuron de sa sainte couronne;
Les combats de l'orage, aux régions de l'air,
En lumineux rayons font ruisseler l'éclair,
De même le malheur par ses chocs, de notre ame
Fait jaillir le génie en lumineuse flamme,
Le lance de la fange à la célébrité,
Et d'un néant obscur à l'immortalité.

Oui c'est sous les verroux que son intelligence,
Trouve le plus souvent la force et la science,
C'est dans l'obscurité, couché sur un grabat,
Qu'il répand sur le monde un plus sublime éclat,
Ainsi que d'un flambeau la lumière féconde,
Brille plus vivement dans une nuit profonde ;
En vain la tyrannie, ou le crime, ou l'erreur,
Croient de ses mouvemens arrêter la chaleur :
Grandissant sous les coups dont ils pensent l'abattre,
Plus vaillamment encore on le voit les combattre ;
Comprimé vainement dans des réduits impurs,
Il transpire à travers tous les pores des murs,
Il répand à longs flots sa flamme vive et pure,
Forme un brillant palais de sa prison obscure.
Ainsi que la vapeur, le salpêtre enfermés
Tonnent plus vivement plus ils sont comprimés,
De même le génie en tout inébranlable,
Emprunte sa puissance au malheur qui l'accable
Et plus le noir destin l'opprime sous ses lois,
Plus, comme le volcan déchirant ses parois
Il tonne avec éclat, brise toutes entraves,
Et lance jusqu'aux cieux ses triomphantes laves ;

Au sein de l'esclavage il prend sa liberté,
Et faisant ruisseler la sainte vérité,
A travers les barreaux et les murs de sa cage,
Contre ses oppresseurs il se fraye un passage,
Et sous un feu roulant dont l'éclat les confond
Des débris des cachots il va briser leur front.
C'est quand le lourd marteau le rebat sur l'enclume
Que l'acier se polit, durci par l'amertume;
Notre esprit devient pur au souffle du malheur,
Comme le grain qu'au vent jette le moissonneur.
Vingt fois de ses éclats la foudre nous renverse,
Eh bien ! relevons-nous et fatiguons l'averse,
Si la foi, la vertu, nous restent, c'est assez,
Les destins fléchiront à nos pieds terrassés.
Ainsi que l'on contraint le méchant qui nous blesse
A nous dédommager de sa fureur traîtresse,
Contraignons le malheur, qui, malgré nos vertus,
Sur l'arène, sanglants, nous aurait abattus,
A nous dédommager par de saints avantages,
Des pertes que sur nous ont causé ses ravages,
Devant le tribunal de la postérité,
Qu'il nous accorde l'or de la célébrité ;

Non le bonheur n'est point le sublime apanage,
D'un monde toujours sourd à son divin langage,
Le bonheur n'offre point surtout ces doux bienfaits
A ces puissants seigneurs tout souillés de forfaits ;
Et si l'on vous demande en le monde où nous sommes,
Quel est parmi nous tous le plus heureux des hommes,
Répondez, quels que soient, et son titre et son rang :
C'est le plus vertueux, quoique le plus souffrant.
Pour calmer du malheur la cruelle morsure
Présentons lui surtout la conscience pure,
Gardons-nous de souiller par quelque iniquité
Cette arme, que sans cesse elle ait sa pureté,
Car une fois ternie, émoussée et sans lustre
Sans ce brillant éclat qui la soutient, l'illustre,
Bien loin de repousser un malheur dévorant,
Elle nous crée encore un ennemi plus grand :
Le déchirant remords, qui jamais ne nous lâche,
Qui sur le pilori constamment nous attache
Qui, de l'âme et du corps insensible bourreau,
Dans une plaie en feu renfonce le couteau ;
Bien heureux l'indigent qui, rentrant en lui-même,
Dans un cœur innocent trouve un calme suprême !

Ce pauvre a plus de biens, dans sa cabane en paix,
Qu'un riche criminel dans ses brillans palais ;
Ne faire jamais rien contre sa conscience
C'est avoir du bonheur, la suprême science ,
Et ce pauvre peut dire à ce riche orgueilleux,
Qui détourne sur lui son regard dédaigneux ,
Garde, noble seigneur, tes titres , ta richesse,
Qui ne vaudront jamais mon honnête détresse ;
J'ai plus de bien que toi, j'ai plus de joie au cœur,
Je suis plus grand aussi, car j'aime plus l'honneur,
Ah ! c'est que le remords qui toujours te surveille ,
Ne mange, ni ne boit , ne court , ni ne sommeille
Côte à côte avec moi, comme un Chacal cruel ;
Qu'il ne corrompt jamais de son poison mortel
La coupe du plaisir qu'une épouse, une amante
Offre au jour du repos à ma lévre innocente.
Dociles aux conseils de la divine loi,
Marchant à la clarté du flambeau de la foi,
Sachons donc de vertus emplir la conscience,
Ainsi que l'assiégé garnit pour la défense,
Le fort, que l'ennemi prend souvent en défaut ,
Des renforts par lesquels il repousse l'assaut,

Et nous triompherons des attaques acerbes,
Que viennent nous livrer mille ennemis superbes,
Nos corps pourront tomber sous des coups ténébreux,
Mais nos ames toujours planeront dans les cieux.
C'est par ce saint moyen, par ces vertus secrètes,
Que je prétends braver les plus fortes tempêtes.
Non, quoique pour souffrir le Seigneur m'ait marqué,
Quoiqu'au malheur sur moi, toujours hypothéqué
Je doive, en pleurs de sang, en sueur funéraire,
Payer à chaque instant ma rente viagère,
Que je doive être enfin le hochet du malheur,
Non, je le jure ici, devant le Christ vengeur,
Dont j'implore, à genoux, la divine assistance,
Et qui seul peut donner au faible la puissance,
Qui seul est l'astre saint des malheureux humains
Sur les flots orageux naviguant incertains,
Non, jamais du malheur la fureur homicide,
Ne me fera commettre un lâche suicide,
Dont ne peut à mes yeux justifier l'horreur
La perte d'aucun bien, pas même de l'honneur,
Sans doute, le plus grand pour tout homme sur terre
Mais que peut ramener un repentir sincère;

Je jure que jamais, malgré mes maux cruels,
Ne germeront en moi ces projets criminels
Qui seuls offensent Dieu sans qu'on les exécute,
Et font descendre l'homme au-dessous de la brute,
Car, lui fesant toujours voir la mort en suspens,
Ils brisent dans son cœur tous nobles mouvemens,
L'empêchent d'attacher le prix le plus minime
Au trésor le plus grand, au bien le plus sublime;
Oui, celui qui prétend que sa vie est son bien,
Et peut en disposer, ne fera jamais rien,
Et ne sera jamais dans la nature entière,
Que mauvais citoyen, mauvais fils, mauvais père :
Je jure que jamais mon langage irrité,
Ne blasphêmera plus contre l'humanité
Qui doit être pour tous, sans détour, sans contrainte,
L'objet le plus sacré de l'amour la plus sainte.
Pardon, pardon, mon Dieu! si l'enfer un moment
Remplissant de poison mon esprit en tourment,
M'inspira le projet de briser ton ouvrage,
En voulant par ma mort lui ravir un rouage,
S'il m'a fait attenter à ton être divin,
Dont l'homme est ici-bas un atôme incertain,

Pardon, pardon à vous, mortels dont je suis frère,
Contre qui, cependant, blasphêma ma colère,
Et sur qui j'ai voulu laisser tout le fardeau,
En voulant lâchement m'enfuir dans le tombeau;
Pardon à vous surtout, chers auteurs de ma vie,
Dont le doux souvenir doit calmer ma furie,
Vous dont j'ai déserté le toit hospitalier,
Où l'on trouve toujours le meilleur conseiller,
Qui toujours pour un fils est le plus sûr asile,
Pour aller me jeter, voyageur indocile,
Sur cette affreuse mer où, sans trève ni paix,
L'homme cherche un bonheur qu'il ne trouve jamais,
Pardon d'avoir osé, malgré mon juste amour,
Penser un seul instant à me ravir le jour :
Oh ! prenant en pitié son repentir sincère,
Tendez encor les bras au fils qui vous révère,
Qui n'a fui loin de vous dans sa fatale ardeur,
Que pour vous couronner des palmes du bonheur
Et qui prétend encore, animé d'un sourire,
Vous le faire goûter ce bonheur qui l'inspire,
Car le bien le plus doux qu'un fils doit voir toujours,
Est de rendre la vie aux auteurs de ses jours;

Oui, jetez sur ce fils un regard secourable,
L'enfant qui se repent, n'est déjà plus coupable,
Et son auteur ne peut être sourd à ses cris,
De la paternité lui refuser le prix,
Lui fermer tout secours, lui refuser l'aumône,
Qu'au mendiant obscur chaque jour sa main donne,
Ni le laisser gémir sur l'étranger grabat,
Où son esprit chagrin, tout son être s'abat,
Et tandisque ce fils, qui lentement succombe,
Lui tend ses bras mourants du milieu de la tombe,
Non, ce père ne peut, hélas ! sans se punir,
Lui refuser sa grâce et le laisser mourir ;
Mais j'aperçois déjà sourire la clémence,
Dans l'amour paternel disparaît toute offense,
Et comme au sein de Dieu le plus coupable enfant
Sur l'aile du remords peut voler triomphant,
Un fils ne perd jamais la bonté d'une mère,
Un fils rentre toujours en grâce avec un père.
Pardon, à mon pays, pardon au monde entier,
Que j'ai voulu frapper d'un parricide acier !
Pardon, car désormais, jusqu'à l'heure dernière,
Je veux vous consacrer mon existence entière :

Oui, oui, je te défie, ô sort, dans ta rigueur,
De m'arracher jamais un seul cri de fureur,
D'allumer en mon cœur un désir de vengeance,
De me faire jamais maudire l'existence !
Appelle sur moi seul tous les maux à la fois
Afin de me broyer tout entier sous leur poids,
Fais éclater la foudre aux flancs noirs des nuages,
Je lèverai mon front au milieu des orages,
De mon corps déchiré par tes cruels bourreaux,
Je te disputerai le dernier des lambeaux,
Plutôt que de hâter mon dernier jour qui tombe,
Je te disputerai mon cercueil sur la tombe,
Par des malheurs sans fin usant ton noir ciseau,
Il faut que la victime immole le bourreau :
Il importe fort peu que notre fin arrive,
Mais il faut que l'honneur à la tombe survive.
Tu peux briser mon corps mais non vaincre mon cœur
Tu peux broyer ma tête et non point mon honneur,
Je crains peu le tombeau, je suis prêt à m'y rendre,
Mais par ma propre main je n'y veux pas descendre;
Et je veux vaincre même en tombant fier guerrier,
Pour que mon dernier souffle enfante un beau laurier,

Qu'en mon cadavre on voie empreinte la victoire
Et qu'il serve au tombeau de statue à ma gloire,
Fais déchaîner sur moi toutes les passions,
Rugissant pour ma mort comme d'affreux lions,
Plus tu me meurtriras sous ta hache homicide,
Pour me faire saisir l'arme du suicide,
Plus je répeterai : Je suis homme et chrétien ,
Je suis maître de moi, frappe, je ne crains rien ;
Tes plus fiers assaillants ne sont que de faux braves,
Devant ma volonté des despotes esclaves ,
Plutôt que de mourir sous mon coupable effort,
Oui je disputerai le cercueil à la mort ;
Je veux faire un bonheur du malheur qui me navre,
Faire jaillir la vie enfin de mon cadavre...
De mon courage , ô sort , tu sembles faire fi ,
Quand tu n'oses peut-être accepter le défi ,
Quand tu n'oses entrer avec moi dans l'arène;
Mais ne crois pas pourtant échapper à ma haine ,
La victoire à mon tour ! car tu m'avais battu ,
Tremble, je me relève armé de la vertu ,
Et viens te déclarer la plus terrible guerre
Qu'aient jamais faite aux dieux les enfans de la terre,

Et je veux que la gloire, et sans pleurs et sans deuil,
Et pure de tout sang, avec un juste orgueil,
Dise à tous ces héros que l'univers contemple,
Etonnés de me voir pénétrer dans son temple :
Illustres conquérants, héros, princes, et rois,
Qui soumîtes le monde à vos puissantes lois,
Faites taire l'orgueil du sacré diadême,
Qu'attacha sur vos fronts la victoire elle-même,
Et prosternez-vous tous avec un saint respect,
Devant ce pélerin à l'humble et grave aspect,
Car il a dépassé les plus hautes conquêtes,
Car il a sous ses pieds enchaîné les tempêtes,
Car ce pauvre sans nom, connu que de la mort,
Est plus grand que vous tous... il a vaincu le sort!
Et pour bien mériter ce sublime apanage,
Rien ne détournera mon incessant courage.

Non! pour l'humanité, nul revers, nul détour
Ne saurait altérer mon juste et pur amour;
Dans les cieux l'éclair brille et la foudre résonne,
Tant mieux ! c'est l'éternel qui forge ma couronne,
Réjouis-toi mon âme à l'aspect du danger
Et des fiers ennemis qui viennent t'assiéger;

Voici l'heureux instant de ceindre des couronnes,
Et d'inscrire un beau nom sur les saintes colonnes;
Frappe, frappe, ô malheur! perce moi de tes traits
En redoublant des coups pour moi remplis d'attraits
Frappe, de mon esprit, sous ta main paternelle
Fais jaillir pour mon front une palme immortelle;
Arriére vain plaisir dont le secours jaloux
Arrête du malheur le bienfaisant courroux,
Arriére, loin de moi ces femmes séduisantes,
Ce nectar, ces parfums, ces coupes énivrantes
Dont la douceur contient les plus amers levains,
Des remords déchirants et de mortels venins,
A mes lèvres en feu, laissez, laissez sans crainte
Le malheur approcher la coupe de l'absinthe
Dont l'amertume cache un baume de vertu
Qui vers le but sacré conduit l'homme abattu;
Laissez, laissez sans fin mes yeux verser des larmes
Et mes genoux fléchir au milieu des alarmes,
J'aime mieux devenir roi de l'adversité
Que l'esclave énervé de la félicité;
Dans le lit du bonheur ruisselle le déboire,
Dans celui du malheur le pactole de gloire,

Et je plains les mortels qui dans un rang pompeux
Ont toujours eu pour lot le malheur d'être heureux.
Je suis martyr, tant mieux, peut-être, en mon malheur
Je ferai plus de bien qu'au sein de la grandeur,
Car, si j'avais été plongé dans la richesse ,
Je n'aurais vu que moi sans doute en mon ivresse
Le bonheur rarement pense au malheur d'autrui,
Et je n'aurais point fait ma faible œuvre aujourd'hui,
Qui ranimant peut-être un pauvre cœur qui tombe,
Pourra le retirer de l'horreur de la tombe,
Et s'il en est ainsi, sort, je bénis ta loi,
Si je sauve mon frère, oui c'est assez pour moi!
Oh! ma bouche est lassée à vomir le blasphême,
Et de confondre tout dans un lâche anathême,
Non, mon cœur n'est point fait pour maudire et haïr
Il est né pour aimer, pardonner et bénir,
Frappez, hommes méchants, et vous perfides femmes,
Préparez des poisons, des trahisons infâmes,
Déchirez-moi le sein, arrachez-moi le cœur,
Je saurai malgré vous grandir dans le malheur!
Vous me privez d'appui, me laissez sans ressource,
Je vous prête mon bras, je vous donne ma bourse;

Vous m'accusez, m'ôtez l'honneur, mon seul trésor,
Moi je vous défendrai, s'il vous en reste encor;
Armé d'une vertu constante et souveraine,
Dans de longs flots d'amour étouffant votre haine,
Oui, je veux contre moi vous voir tous désarmer
Et, malgré vos fureurs, vous contraindre à m'aimer,
Oui, plus vos cris sur moi lanceront l'anathême,
Plus les miens répondront : Je vous bénis, vous aime :
Oui, j'aime ce mortel, en tout semblable à moi
Qui parle, agit et vit sous une même loi,
Qu'un sang pris dans le sein de la commune mère
Rend mon père ou mon fils, au moins toujours mon frère
Oui, je vous aime encore, et d'un cœur transporté,
Êtres consolateurs que la divinité
Créa pour embellir l'existence de l'homme,
Et qu'en ses rêves d'or sans cesse mon cœur nomme,
O femmes dont l'amour nous élevant aux cieux,
Nous fait seul souvenir que nous sommes des dieux!
Oui, j'aime cette haleine au doux parfum de rose,
Cette bouche, ces yeux où l'amour se repose,
Ces contours, ces attraits dont le charme partout
Enivre, vivifie et divinise tout;

Oui vous êtes mon culte et mon idolâtrie!
Et ma bouche a maudit pourtant dans ma furie!..
Oh! pardon, j'étais fou lorsque j'ai blasphémé,
Et souvent l'on maudit pour avoir trop aimé;
Mais en outre, naguère en ma fureur extrême,
Comment pouvais-je aimer je m'abhorrais moi-même;
Daignez donc pardonner à mon courroux passé
Et ne maudissez pas un amant insensé,
Qui vient à vos genoux, qu'il presse, qu'il embrasse,
Le cœur tout repentant vous demander sa grâce...
Mais pourquoi redouter la malédiction,
La femme toute amour et toute affection,
Ne sait qu'aimer, bénit et ne peut point maudire.
Oui vous me pardonnez!... oui, dans un doux sourire
Je vois le monde entier, pour ranimer mes sens,
M'accorder mon pardon, en termes ravissants!
Ah! pour le juste prix d'un pardon magnanime,
Je voudrais transformer ce monde en ciel sublime,
Je voudrais que mes cris de rage et de fureur
Qui, comme d'un volcan, des mortels la terreur,
Terribles s'echappaient, brisant toutes entraves,
Pour ensevelir tout sous les flots de leurs laves,

Pussent, par un effet de l'amour tout divin,
Devenant aussi purs que les eaux du Jourdain,
S'échapper maintenant en gerbes de rosée,
Pour que de leurs parfums cette terre arrosée
Fut tout-à-coup changée en un riant séjour,
En un nouvel Eden et de gloire et d'amour!
Grâce, grâce, mon Dieu! pour vos enfants rebelles,
Que le doute couvrait de ses funèbres ailes,
Ah! grâce! voyez les prosternés devant vous,
Conjurer par leurs pleurs votre juste courroux;
Touché du repentir qui partout les accable,
Daignez jeter sur eux un regard favorable,
Rendez-leur, rendez-leur votre ineffable amour,
Sans lequel je les vois succomber sans retour...
Mais voyez-vous briller l'astre de délivrance,
Non, non, de l'éternel la sévère vengeance,
Dans l'abîme sans fin, n'a point précipité,
Pour toujours se haïr, la pauvre humanité;
Oui, je vous vois, mon Dieu, du sein de votre empire
Accorder à ce monde un rédempteur sourire,
Oui, vous daignez permettre aux peuples consternés,
De relever encor leurs fronts découronnés,

Vous leur rendez à tous leur robe d'innocence,
En ramenant sur eux la grâce et l'espérance...
Reprenez, reprenez, ô peuples orgueilleux,
Aux saules suspendus vos luths harmonieux ;
O filles de Sion, prenez vos saintes harpes
Sur les divins autels, ceintes de vos écharpes,
En l'honneur du Très-haut touché de vos accens,
Prodiguez les parfums et la myrrhe et l'encens,
Entonnez des accords, des concerts magnifiques,
Chantez, peuples, chantez les célestes cantiques,
Tout rayonnant de gloire et couverts de lauriers,
Levez jusques aux cieux, levez vos fronts altiers,
Vous êtes tous sauvés, votre Dieu vous pardonne
Et remet sur vos fronts la céleste couronne;
Comme au jour où pour nous expira le sauveur,
Oui, la terre a repris sa nouvelle splendeur,
Les hommes ne sont plus que des frères, des anges
Entonnant vers les cieux d'éternelles louanges,
Tout l'univers courant à la communion,
N'est plus qu'un vaste temple, une sainte Sion
Où le bonheur de tous dans l'unité s'achève,
Et pur comme son Dieu le peuple Dieu s'élève !

Non, l'aspect de ce monde éclatant de grandeur,
Ne sera point l'effet d'un réve trop flatteur ;
Le monde social dont croule l'édifice,
Pour mieux le relever appelle sa milice,
Avocats, ouvriers, poètes, orateurs,
Hommes de tous les rangs arrêtez vos fureurs,
A l'œvre tous, enfans de la grande patrie,
Et par votre pensée, et par votre industrie,
Et par votre talent et vos nombreux travaux,
Préparez le ciment et les matériaux,
Et bientôt un grand phare à la flamme féconde,
Emplira tous les cœurs de l'esprit qui l'inonde ,
D'un nouveau monde enfin donnez les élémens.
Mais afin qu'il repose en de sûrs fondemens,
Unissons nos efforts sous la même bannière ,
Que la terre ne soit qu'un vaste phalanstère ,
Oui , que chacun se prête un appui fraternel ,
Et bientôt surgira l'édifice immortel ,
La céleste Sion dont la magnificence
Doit assurer sans fin , le haut règne à la France ,
Qui de ce grand labeur signalant le début,
Exige que chacun apporte son tribut ,

Sous peine de priver de son baiser de mère,
De frapper justement de sa sainte colère,
Tous ces fils réprouvés qui devant ses débris,
Passent indifférents, sourds à ses nobles cris,
Qui, tandisque son cœur à la peine se navre,
En se suicidant lui jettent leur cadavre,
Pour accorder aussi, par un juste retour,
Ses bénédictions, son ineffable amour
A ceux qui pour sauver sa grandeur qui chancelle
Savent s'armer, marcher, vaincre ou mourir pour elle,
Pendant que les destins, gros de leur souvenir,
Legueront leurs grands noms aux siècles à venir.
Rois, monarques à qui l'auguste providence,
A remis une part de sa toute-puissance,
Pour guider ici-bas les chars des nations,
Sachez par vos décrets, vos institutions,
De ces peuples soumis à vos lois souveraines
Dignement soutenir les efforts et les peines,
Sachez récompenser, envers tous libéraux,
Des petits et des grands les utiles travaux,
Ne laissez pas gémir, périr dans l'infortune,
Ceux qui se sont voués à la chose commune,

Craignez qu'en refusant à tout grand travailleur,
Le prix, le juste prix qu'on doit à son labeur,
Justement irrité d'un mépris qui l'outrage,
Il ne vienne, brisant la chaine d'esclavage,
Avant de devenir lui-même son bourreau,
Creuser auprès du sien votre propre tombeau ;
Apaisez des mortels les cruelles souffrances,
Si vous ne voulez pas éprouver leurs vengeances,
Faites luire à leurs yeux la sainte vérité
Pour n'être point brisés par son glaive irrité.
Quoique le lent succès qu'à la première épreuve
Nul ne peut obtenir, (j'en vais avoir la preuve),
Ne vienne point d'abord couronner nos efforts,
N'en persistons pas moins par de nouveaux transports:
Quoi ! lorsque du Très-haut la puissance profonde
A mis six jours entiers pour enfanter le monde,
Vous, simple vermisseau sur la terre jeté,
Vous plaçant audessus de la divinité,
Vous voulez qu'aussitôt que votre ame projette,
A vos regards charmés la lumière soit faite ?
Et ne pouvant franchir l'échelle d'un seul pas,
A moitié parvenu vous vous jetez en bas !

Ah! si vous prétendez toucher la récompense
Avant même d'avoir commencé l'œuvre immense,
Si vous ne voulez pas lutter contre l'écueil,
Avant de projeter, plongez-vous au cercueil.
Non nul ne touchera le fortuné rivage
S'il ne veut point combattre et les flots et l'orage;
Non, nul n'arrivera sur les dégrés derniers,
S'il n'a d'abord franchi lentement les premiers.
Pour un cœur généreux l'austère patience
Vaut mieux que le talent et la vaste science :
Visant vers le sommet élevé du rocher,
La foudre me renverse encor loin d'y toucher,
Eh bien ! comme l'athlète acharné dans la lutte,
Je me releverai tout meurtri de ma chûte,
Plus vaillamment encor je tenterai l'assaut,
Et sans m'épouvanter je monterai plus haut,
En redoublant toujours d'efforts et de courage
Tant que dans le ravin me jettera l'orage,
Jusqu'au moment fatal où par un dernier bond,
Je retombe expirant où plane au haut du mont.
Ce n'est qu'en combattant qu'on vole à la conquête,
Et que d'un beau laurier l'on couronne sa tête;

Combattez, combattez et votre adversité
Se changera bientôt en sainte volupté,
A vous suivre partout contraignez la victoire
Vos lèvres toucheront aux coupes de la gloire;
Embrâsant tous nos cœurs du plus céleste feu
Si l'homme est un démon sachons en faire un Dieu.
Transformons notre enfer en divine patrie
Et du sein du la mort faisons jaillir la vie.
Voilà, peuples, voilà les exhortations
Que vient de m'inspirer le Dieu des nations,
Les préceptes sacrés qui, malgré la faiblesse
Que mon accent craintif imprime à leur sagesse,
Pourront, si vous voulez les suivre constamment,
Vers le port désiré vous guider sûrement,
Et que pour le salut d'un monde qui s'écroule,
Et de ses propres mains vers l'abîme se roule,
Je saurai publier, proclamer en tous lieux,
Pour qu'ils servent de guide à tous les malheureux;
Non, non, par un silence, ou timide, ou perfide,
Je ne veux point servir d'apôtre au suicide
Dont à chaque moment l'infernale fureur
Etend son règne impur, avec tant de frayeur,

Qu'à voir tous les mortels dans leur fatale rage,
Prêcher, prôner, partout le meutre et le carnage,
Le monde entier paraît, hélas, se décider,
Las de son existence, à se suicider,
Et qui fera bientôt sous sa hache cruelle,
Tomber plus de sujets que la mort naturelle.

Non, non, je ne veux pas demeurer calme et froid
Quand j'aperçois un frère au mépris de tout droit,
Accomplissant sur lui le plus vil sacrifice,
Se plonger lâche ou fou, dans l'affreux précipice;
Car laisser méditer, accomplir le forfait,
Quand on peut arrêter l'assassin qui le fait,
Ou laisser succomber la folie incurable
Quand on peut lui porter un secours charitable,
C'est du crime encourir une complicité,
Ou tout seul égorger la folle humanité,
Et j'aime mieux commettre un meurtre littéraire
Et me suicider par un vers téméraire,
Que de laisser périr par un lâche dédain,
Un pauvre cœur brisé par la honte ou la faim;
Non, quoique avec douleur je présume d'avance,
Qu'il vaudrait mieux pour moi rester dans le silence,

Et que je vais bientôt par un acte égaré,
M'immoler pour jamais dans le monde lettré,
Je ne me tairai pas et mourrai sans murmure,
Sous les traits du silence ou bien de la censure,
Si quelque malheureux me dit avec amour,
Que ma voix dans sa nuit a fait luire le jour.
On me repoussera des scènes, des portiques,
Eh bien ! je paraîtrai sur les places publiques,
Et ridiculisé s'il faut, sifflé, haï,
Ainsi que le Seigneur du haut du Sinaï,
Au milieu des éclairs, des vents et du tonnerre,
D'une voix exercée à ce saint ministère,
Je ferai retentir aux mortels rassemblés,
La parole qui doit calmer leurs cœurs troublés,
La parole qui peut de leur bras homicide,
Arracher pour jamais l'arme du suicide
Et faire de mortels sans croyance et sans cœur,
Des amis, des soutiens de la foi, de l'honneur ;
Je leur répéterai sans cesse avec courage,
De mon triomphe heureux appuyant mon langage :
« Oui, puisqu'un saint labeur et l'austère vertu,
Peuvent seuls ranimer un esprit abattu,

Puisque l'amour sacré, la pure conscience,
Font le contentement, la force et la science,
Qu'ils soient dorénavant nos guides en chemin !
Suivons, suivons toujours leur langage divin,
Alors, sous un ciel pur brilleront les étoiles,
Et des vents protecteurs viendront enfler nos voiles;
Alors tout pavoisés, se dressant, nos vaisseaux
Vogueront sans péril sur les paisibles flots,
Et bientôt, terminant leur saint pélérinage,
Toucheront triomphants le fortuné rivage.
Et loin de voir encore, insensible à nos cris,
Le monde nous jeter la haine et le mépris
Sans doute mérités par nos crimes, nos vices,
Nos regards éblouis verront avec délices,
Des femmes, des amis, des princes et des rois,
Pour couronner nos fronts, accourir à la fois ;
Alors vous tous, mortels brisés par la misère,
Pauvres abandonnés de la nature entière,
Vous qu'à tendre la main la fortune réduit,
Mais que l'honneur toujours accompagne et conduit,
Pour apaiser vos maux, votre faim, votre crainte,
Vous verrez accourir cette charité sainte,

Dont l'amour au malheur est toujours consacré,
Et qui fixe surtout son asile sacré,
Sous le toit paternel de cette souveraine,
Du peuple le plus grand et la mère et la reine,
Ce modèle achevé de toutes les vertus,
Qui des honneurs royaux des flots toujours battus
A reçu constamment tout le fiel et les larmes,
Sans en avoir goûté jamais les faibles charmes,
Dont le cœur n'a trouvé le bonheur et la paix,
Qu'en semant en tous lieux ses généreux bienfaits
Pour faire consacrer, bâtir de pieux temples,
Où toujours sa présence offre de saints exemples,
Pour procurer un toit au pauvre pélerin,
Apaiser sa douleur, et sa crainte et sa faim,
Ainsi que le diront dans leurs chants, leurs prières,
Sur tout le sol français, les cités, les chaumières ;
La seule, qu'en ces temps où rien n'est respecté,
Le mensonge ennemi de toute pureté,
N'ait osé déchirer de sa dent de vipère,
Muet comme Satan l'est devant la lumière,
Gage que cette reine, à laquelle mon cœur,
Touché de tant de maux, d'éclat et de grandeur,

Aurait voulu cent fois consacrer ses louanges,
S'il avait pu trouver des chants dignes des anges,
Est la reine qui seule, en ce haut rang si craint,
Fasse de la grandeur l'usage le plus saint;
Alors par nos vertus la terre fécondée
D'un fleuve de parfums et d'amour inondée,
Au lieu de fruits mortels pour l'esprit et les sens
Ne produira pour nous que des fleurs, de l'encens,
Alors du haut des cieux descendra ce génie,
La femme, le parfum et l'esprit de la vie,
Qui sait par le pouvoir d'un vertueux amour,
Changer l'épine en rose, et la nuit en beau jour;
Alors de nos esprits dont Dieu sera le guide,
S'enfuira pour jamais l'infernal suicide,
Alors, alors, enfin, un ange bienfaiteur
Nous ouvrira toujours le temple du bonheur,
Et lorsque de la vie arrivera le terme,
Nous pourrons regarder la tombe d'un œil ferme,
Car chacun pourra dire à son dernier adieu :
J'ai servi la vertu, ma patrie et mon Dieu!

FIN.

www.ingramcontent.com/pod-product-compliance
Lightning Source LLC
LaVergne TN
LVHW012008220826
846092LV00001B/281

* 9 7 8 2 3 2 9 7 7 7 3 7 5 *